# AMOR FUERA DE HORARIO

## MULTIMILLONARIOS DE MANHATTAN

### NATASHA GRACE

# CAPÍTULO UNO

Olivia Montgomery sintió mariposas en el estómago mientras caminaba por el vestíbulo de la sede principal de Montgomery Hotels. Acababa de volver de supervisar los planes de remodelación para el hotel de Boston de la empresa y, ahora que se había quitado eso de encima, estaba deseosa de continuar con la propuesta que le había enviado a su padre para abrir un hotel cerca del Parque Nacional de Yosemite.

Habían hablado sobre ello por encima antes de que se fuera. Él le había preguntado sobre la concurrencia del parque, otros hoteles en la zona y opciones para el alojamiento de los empleados. Había sido la primera vez que su padre mostraba interés en una de sus numerosas propuestas y no podía evitar pensar que esta iba a ser la que aprobaría al fin.

Y, quizás, después de la oportunidad de probarse a sí misma con este hotel, tendría la ocasión de reconsiderar algunas de sus propuestas descartadas. Había una en concreto que le interesaba mucho. Se le habían ocurrido otras ideas, formas de hacer que la propiedad resaltase... Entró en el ascensor abierto con una sonrisa. ¡Aún no le habían dado luz verde para el hotel de Yosemite y ya estaba pensando en lo que vendría después!

Siendo realista, entendía que aún le quedaba mucho camino por delante antes de que sus sueños dieran sus frutos, pero no podía contener su emoción. Llevaba cuatro años, desde que se unió al negocio familiar, intentando dejar su huella en él, y parecía que al fin las cosas le iban a salir bien.

Las puertas del ascensor se estaban cerrando cuando vio que se acercaba un hombre de pelo oscuro con traje y presionó rápidamente el botón de apertura.

—Disculpe. —Había estado tan distraída que no lo había visto.

—No se preocupe. Gracias —dijo el hombre atractivo dedicándole una sonrisa y entrando en el ascensor.

—De nada.

Ella esperó un segundo y, cuando él no eligió un piso, preguntó:

—¿A qué piso va?

Él señaló el panel con la cabeza.

—Al mismo, el doce.

Ella frunció el ceño mientras se cerraban las puertas metálicas. Eran poco más de las siete de la mañana. A esa hora solo su padre y unas pocas personas más estaban en la oficina y precisamente por eso había ido tan temprano. Quería hablar con su padre antes de que llegase nadie más.

—¿Ha venido a ver a Tom? —le preguntó. Tom Nichols

era uno de sus vendedores más agresivos y contactaba continuamente con empresas para organizar sus eventos corporativos, pero solía llegar más tarde. Mucho más tarde.

—No, he venido a ver a Victor Montgomery. Me llamo Adam Campbell —respondió él tendiéndole la mano.

¿Tenía una reunión con su padre? Mierda. Tendría que haber comprobado su agenda el día anterior, pero rara vez tenía reuniones por las mañanas. Normalmente, esas horas eran el único momento de su apretada agenda en las que podía centrarse en el trabajo sin que lo interrumpieran. Supuso que tendría que esperar a que estuviera libre para hablarle de su propuesta. Hizo a un lado su decepción y le estrechó la mano a Adam.

—Olivia Montgomery.

—Es la hija de Victor —dijo él al soltarle la mano.

Ella asintió y fue entonces cuando reconoció su nombre. Adam era un promotor inmobiliario y un miembro de la familia propietaria de Dannier, la empresa de cosméticos que hacía esa crema facial que tanto le gustaba a su prima.

—¿Quiere que gestionemos un hotel? —intentó adivinar. Además de llevar sus propios hoteles, Montgomery Hotels también gestionaba propiedades por encargo de otros. Había oído que Adam construía hoteles, pero pensaba que eran propiedades de rango bajo a medio en comparación con los hoteles de lujo en los que se especializaba Montgomery.

—Va directa al grano, ¿no? —Le sonrió y asintió—. Voy a comprar The Mansion. En un par de días el trato estará cerrado.

A Liv le dio un vuelco el corazón. The Mansion era el

primer hotel que había construido su abuelo. En sus inicios había sido un bloque de oficinas que había servido como sede del banco familiar. Cuando el banco se trasladó a su ubicación actual en Midtown, su abuelo convirtió las antiguas oficinas en un hotel ideal, que reunía los elementos arquitectónicos de algunos de los castillos más grandiosos de Europa. El banco familiar había sido su deber, pero The Mansion había sido su pasión. Su abuelo había pasado cada momento que pudo allí, invirtiendo toda su energía en regentar el hotel más lujoso y centrado en el huésped que existía, e incluso se había puesto detrás del mostrador de recepción un par de veces cuando andaban cortos de personal.

Por desgracia, se había visto obligado a venderlo en los ochenta para reunir los fondos que necesitaban para salvar el banco familiar, pero nunca lo había olvidado. Siempre los había entretenido a ella y a su hermano con historias de sus días en el hotel, recordando incidentes graciosos con huéspedes famosos, soñando despierto con supervisar la reforma y describiendo las lujosas fiestas que habían celebrado allí.

Lo había dado todo por el hotel y no había podido alejarse, ni siquiera cuando lo vendieron, muy a su pesar. El abuelo se tomaba de vez en cuando algo en el bar o se iba a comer a la terraza. Él y la abuela incluso llevaron a Olivia a escondidas a tomar el té allí un par de veces antes de que su padre lo descubriera y se lo prohibiese.

La primera propuesta que le había presentado a su padre había sido readquirir la propiedad y, aunque este la había rechazado, ella siempre tuvo en mente retomar la idea cuando tuviera más experiencia. Simple y sencillamente, The Mansion pertenecía a la familia. Y, aunque sabía que ser dueña del hotel no le devolvería a su abuelo, quería honrar su memoria.

Pero parecía que el destino tenía otros planes.

—No sabía que Quinley lo tenía en venta —dijo ella refiriéndose a la multinacional que en aquel momento era propietaria de The Mansion. No había sido el caso dos años antes, cuando le hizo la propuesta a su padre, pero sospechaba que lo venderían por el precio apropiado. Teniendo en cuenta que nunca habían reformado el hotel, no parecían tener intención de quedarse con la propiedad a largo plazo.

Se preguntó cuánto iba a pagar Adam por The Mansion y se aguantó las ganas de preguntarle si estaría dispuesto a vendérselo a Montgomery. Eso no solo sería excederse en su papel en la empresa (especialmente sin hablarlo antes con su padre), sino que tampoco era bueno parecer demasiado dispuesto. El precio estimado de The Mansion era una de las razones que le había dado su padre cuando rechazó la idea, pero el mercado inmobiliario no estaba tan al alza como antes. La propiedad sería considerablemente más barata.

—Se va a usar como parte de su acuerdo para pagar algunas deudas —dijo Adam—. Ya sé que se van a necesitar muchas reformas para ponerlo a punto, pero creo que será un buen hotel cuando esté terminado.

«¿Un buen hotel? ¿Muchas reformas?».

¿De qué narices estaba hablando? Lo único que el hotel necesitaba era modernizar algunas de las instalaciones eléctricas y mecánicas y quizá actualizar el diseño interior. El mantenimiento se había descuidado mucho a lo largo de los años, pero ella siempre lo había considerado uno de los hoteles más visualmente impresionantes que había visto nunca. Con su atrio cubierto de cristal y las columnas de mármol, tenía una belleza clásica y casi atemporal con la que pocos podían competir. Podía volver a ser fácilmente uno de los mejores hoteles de Nueva York con tan solo un poco de trabajo.

—¿Qué clase de reformas tiene en mente? —preguntó ella, con la esperanza de no sonar a la defensiva ante la sugerencia de que The Mansion no estaba a la altura. Por suerte, él no pareció darse cuenta.

—Algunas actualizaciones y reformas leves en el exterior y básicamente tirar los pisos comunes interiores para crear algo más acogedor y menos pretencioso.

«¿Quería tirar abajo el interior?».

Le pitaron los oídos al pensar en demoler el precioso vestíbulo de techos pintados y la enorme escalinata doble. ¿Cómo se atrevía a llamarlo pretencioso? No era pretencioso, tenía encanto y sofisticación del viejo mundo. Sus imponentes características evocaban la elegancia de épocas pasadas y te hacían sentir que habías viajado en el tiempo. ¡Oh, y el salón de baile!

Si quería destrozarlo, ese hombre no tenía gusto ninguno.

—Remodelar completamente el salón de té —continuó él—. Mover el bar para hacer sitio para un restaurante más grande, unir las habitaciones para crear estancias y habitaciones más grandes...

Ella sintió una corazonada al reconocer la emoción en

los ojos de Adam. No solo había sido el coste potencial lo que había hecho que su padre rechazase su propuesta. También pensaba que el hotel necesitaba un lavado de cara enorme y básicamente le había dicho que las «anécdotas de los viejos tiempos» de su abuelo le habían nublado el juicio.

¿Y si los planes de Adam para una reforma total coincidían con los de papá y este accedía a dirigir el hotel? En lugar de estar feliz de que The Mansion volviera a estar bajo la gestión de Montgomery, Olivia lloraría la pérdida de la esencia del hotel de su abuelo.

The Mansion había sido la vida del abuelo. Había estado involucrado en cada centímetro cuadrado del diseño del hotel, hasta el punto de elegir él mismo la mayoría de los materiales que se usaron. Si no estuviera ya muerto, oír los planes de Adam de destruir lo que él había construido lo mataría seguro.

Las puertas del ascensor se abrieron para dar paso al área de recepción y Adam se rio.

—Lo siento, siempre me dejo llevar por la emoción de las primeras fases de un proyecto.

Con lo involucrado que estaba ya Adam con The Mansion, no parecía probable que fuera a querer venderles el hotel. Querría llevar la reforma hasta el final. Ella se forzó a decir algo, con la cabeza a punto de estallar.

—No, lo entiendo.

Solo esperaba haberlo juzgado mal y que su padre le ofreciese un trato al que él no pudiera resistirse. Aunque papá había rechazado su propuesta, dudaba que se fuera a quedar de brazos cruzados y permitiese a Adam demoler el hotel que tanto significaba para la familia.

Se dirigió hacia la recepcionista, Carol, quien levantó la mirada con una sonrisa.

—¡Hola, Olivia! Bienvenida de nuevo.

—Gracias, Carol. Por favor, ¿le puedes decir a Paula que Adam Campbell está aquí para ver a mi padre? —preguntó señalando con la cabeza al susodicho.

Carol lo miró con los ojos muy abiertos.

—Hola —dijo sin aliento, y Olivia intentó no sonreír. A Carol le volvían loca los hombres guapos y, sin duda, Adam era uno de ellos. Una pena que quisiera destruir el hotel de su abuelo.

—Hola. —La voz de Adam estaba teñida de diversión.

Carol se sacudió para romper el hechizo y descolgó el teléfono.

—Gracias —susurró Olivia antes de volverse hacia Adam—. Ha sido un placer conocerle— dijo, estrechándole la mano.

—Sí, lo mismo digo.

Olivia se dirigió a su despacho para reorganizarse mientras se preguntaba cómo iría la reunión de Adam con su padre. Como había estado fuera de la ciudad, tenía un montón de trabajo pendiente, pero no había forma de que fuese capaz de concentrarse con todo lo que estaba pasando con The Mansion.

—Oh, Liv. Se me había olvidado. —Se giró y vio a Carol acercarse a ella con unas notas en la mano—. El cocinero jefe de San Antonio ha dimitido y a Gary Bruning le preocupa que Maxwell nos esté robando el personal en San Diego.

Olivia suspiró y cogió las notas con los mensajes.

—Gracias.

Como gestora de relaciones de las franquicias Montgomery, siempre estaba lidiando con pequeñas crisis como esas. Los problemas casi siempre eran urgentes, pero no eran necesariamente situaciones que requiriesen una formación o habilidades específicas. Eran problemas que prácticamente cualquiera podría resolver.

Así que, aunque su trabajo era importante, no siempre parecía significativo, lo cual era una de las razones principales por las que seguía presentando propuestas a su padre a pesar de que él seguía rechazándolas. Ella también quería crear algo y ayudar a que Montgomery Hotels creciese como había hecho su padre. Cuando él tomó el mando, la cartera de Montgomery Hotels consistía solo en seis hoteles y ahora tenía casi cuarenta. Sus sueños no eran tan grandes, pero quería contribuir con algo al legado familiar.

Mientras se acomodaba en su escritorio, tomó la nota mental de pedirle a Paula que la llamase en cuanto su padre estuviera disponible para poder hablarle de su propuesta y preguntarle sobre The Mansion para ver qué intenciones tenía.

Si Montgomery terminaba dirigiéndolo, haría campaña para salvar el diseño original de su abuelo tanto como fuera posible. Considerando la visión de Adam y la de su padre, una restauración total parecía imposible, pero quizá pudieran llegar a un acuerdo en el que conservasen algunas de las características que hacían al hotel tan especial, como los techos pintados a mano y las molduras doradas.

Pero la duda seguía latente. Adam parecía muy entusiasmado ante la perspectiva de remodelar el hotel. ¿Podía estar abierto a preservar algo si ya estaba pensando en demolerlo todo?

Quizá no quisiera un cambio tan drástico si pudiera mostrarle diseños alternativos que combinasen la estética moderna que él buscaba con las características que hacían The Mansion tan especial…

Empezaría a buscar posibles arquitectos inmediatamente. Necesitaría encontrar a uno que se especializase en darle un lavado de cara a edificios antiguos, uno que pudiera calmar el deseo de modernización de Adam y que a la vez fuera fiel a The Mansion. Le vinieron a la mente un par de firmas y sacó sus archivos para indagar más.

Si el trato seguía en pie, quería tener un arquitecto listo. No podía darle a nadie la oportunidad de competir con otra propuesta que destruyese lo que su abuelo había creado.

Ya le había fallado una vez y no pensaba volver a hacerlo.

* * *

—¿Estaría dispuesto a vendernos el hotel en su totalidad? —preguntó Victor Montgomery tras escuchar la propuesta de Adam—. Estoy seguro de que podemos llegar a un acuerdo que nos beneficie a ambos.

—Dudo que pudiéramos acordar un precio que nos satisficiera a ambos —respondió Adam con sinceridad. No quería perder tiempo con negociaciones inútiles. No tenía la más mínima intención de vender The Mansion—. Con las reformas, el valor de The Mansion podría fácilmente cuadruplicarse en los próximos años y no aceptaría una cantidad que reflejase menos que eso.

Montgomery podía estar dispuesto a pagar una prima por el hotel, pero dudaba mucho que estuviera dispuesto a basar ese precio en ganancias proyectadas.

—¿Y qué me dice de una asociación?

Adam sacudió la cabeza.

—Solo estoy buscando un agente que dirija el hotel. —Él nunca compartía la propiedad de sus edificios, siempre prefería usar su propio dinero o, en este caso, pedir prestado.

Después de vivir a las órdenes de sus padres, disfrutaba de la libertad de hacer lo que quería sin que nadie dictase lo que podía hacer o no. Sabía que podría expandir AC Developments más rápido si abría la puerta de sus proyectos a inversores, pero no quería comprometerse con nadie más que consigo mismo.

Estaba preparado para ceder en algunas cosas para trabajar con Montgomery, como por ejemplo una comisión más alta, o quizá un periodo de contrato más largo, pero ¿renunciar a las acciones cuando no tenía por qué? De ningún modo.

—Entonces creo que es mejor que se busque otro agente —respondió Victor—. Como sin duda bien sabe, Montgomery no compite con otras franquicias en el mismo mercado. Las ganancias por dirigir el hotel no compensarían el costo de oportunidad de no tener nuestro propio hotel en Nueva York.

Adam apretó la mandíbula. El hecho de que Montgomery no tuviera un hotel en Nueva York había sido una de las razones por las que se había acercado a ellos. Para los gerentes era normal dirigir hoteles competidores en la misma ciudad, pero él quería algo mejor para The Mansion. Se merecía ser el único objetivo de su director, al menos en la región.

Montgomery había tenido un hotel en Nueva York hacía unos años, pero le había vendido su parte a su socio. No sabía exactamente qué había pasado, pero había oído que Gen Capital, su socio en ese momento, había estado envuelto en demandas por manipular sus finanzas desde entonces.

Debería haber sabido que Montgomery querría ser dueño del hotel cuando volvieran a introducirse en Nueva York. Una cosa era dirigir hoteles para otros y otra muy distinta hacerlo en tu territorio. Probablemente esa fuera la razón por la que no se habían precipitado a abrir otra propiedad: querían tomarse su tiempo para hacer las cosas bien.

The Mansion sería lo mismo para él. Había tenido mucho éxito en otros mercados financieros, pero nunca había probado en Nueva York, aunque vivía allí. Y, ahora que tenía The Mansion, iba a dejarse la piel. Sería el proyecto que más viese y visitase y estaba dispuesto a pagar una prima para asegurar su éxito.

Además, quería mostrarles a sus padres lo lejos que había llegado. Ya que The Mansion estaba a solo dos manzanas de la sede de Danniers, lo verían cada vez que fueran a la oficina. Era mezquino por su parte, pero le encantaba la idea de restregarles su éxito en la cara. Era plenamente consciente de que odiaban que él tuviera éxito, odiaban no tener parte en ello. Cuando le cortaron el grifo, habían esperado que él volviera arrastrándose, pero, en vez de eso, estaba construyendo un imperio que pronto sobrepasaría al de ellos.

Mejor aún, The Mansion era uno de los lugares favoritos de las familias ricas para celebrar fiestas, esas fiestas a las que sus padres querían asistir, pero a las que nunca les invitaban. Y, pronto, él sería el dueño del hotel. Era casi demasiado bueno para ser verdad.

Pero ¿estaba dispuesto a renunciar a una parte de The Mansion para trabajar con Montgomery? Teniendo en cuenta la determinación que había en los ojos de Victor, Adam supuso que una asociación sería la única forma en que este accedería a dirigir el hotel. Y Adam quería de veras que The Mansion fuera un hotel Montgomery. Además de que a la empresa la clasificaban sistemáticamente como favorita entre los huéspedes, era propiedad de la legendaria familia Montgomery. Aunque solo fuera por negocios, haría lo que sus padres nunca habían podido: codearse con viejos ricos.

—Estaría dispuesto a formar una asociación —concedió al fin.

No era su idea original, pero no podía negar que aportaba beneficios que no había considerado del todo. Además de disminuir su exposición financiera, la asociación garantizaría que Montgomery tuviera un interés particular en el éxito del proyecto. Aunque tenían la reputación de ser gente de fiar, no venía mal asegurarse de que sus decisiones de gestión beneficiasen al hotel a largo plazo.

Victor dudó antes de asentir.

—Muy bien. Envíeme los datos financieros además de los contratos de la franquicia y los inquilinos y prepararemos una oferta. ¿Busca algo en particular en cuanto a la renovación?

—Tengo algunas ideas, pero nada concreto. —Había considerado contratar al arquitecto que usó para sus complejos comerciales, pero desechó la idea.

No tenía quejas del trabajo de Clarke's, pero sabía que su fuerte eran los edificios nuevos, no renovar edificios históricos. Sin duda, Montgomery tendría una idea mejor de a quién contratar para ese tipo de proyecto.

—No quiero tocar el exterior más allá de una restauración menor —continuó.

La fachada era única porque incorporaba una estética tradicional que raramente se veía ya en la ciudad. De hecho, le sorprendía que aún no lo hubieran declarado monumento histórico. No solo había sido testigo de bastante historia, sino que también había sido el lugar de celebración de muchas bodas y eventos políticos importantes.

—Pero no me importaría demoler el interior en favor de algo más contemporáneo, quizá algo similar a lo que ustedes hicieron en Los Ángeles. —Ese hotel tenía un diseño moderno que resultaba elegante y acogedor.

—¿Ha visto el hotel reformado?

—Sí, tuve una reunión en el restaurante el año pasado y me encantó el diseño.

Victor rio.

—Se lo haré saber a mi hija. Yo no era muy partidario del concepto, pero ella insistió mucho.

Adam se preguntó si estaría hablando de Olivia, pero se

abstuvo de preguntar. No quería darle ninguna razón para retirarse del proyecto.

Victor le dio unos golpecitos con el dedo a la carpeta que Adam había traído.

—Bueno, ¿qué hay de los alquileres de los arrendatarios de las tiendas? —preguntó refiriéndose a las boutiques del segundo piso, y Adam supuso que Victor estaba pensando en reemplazarlas por otras de lujo.

En su día, The Mansion había albergado algunas de las marcas más exclusivas del mundo, pero, a medida que la calidad del hotel disminuyó con los años, también lo hizo la de las tiendas.

—Tenemos la opción de comprar los alquileres de forma anticipada. ¿Tiene a otros arrendatarios en mente?

Victor confirmó las sospechas de Adam al decir los nombres de algunas marcas de lujo con las que podían ponerse en contacto y eso llevó a una conversación sobre la estrategia general para los locales comerciales en cuanto a metros cuadrados y el número de arrendatarios que podían conseguir.

Victor tenía ideas muy claras sobre cómo mantener el equilibrio entre la exclusividad y sacar el máximo partido del espacio sin comprometer la experiencia de los clientes, ya que era consciente de que no solo eran los huéspedes del hotel los que entraban en las tiendas, sino también el público general.

Cuanto más hablaba Victor, más le gustaba a Adam la idea de tener un socio de negocios como él. Victor era la clase de hombre que valoraba no solo la rentabilidad, sino también la experiencia de los clientes. No le extrañaba que Montgomery tuviera unos huéspedes tan fieles.

—Les diré a mis hombres que se pongan en contacto con los suyos —dijo Victor mientras acompañaba a Adam a la salida de la sala de reuniones media hora después, y Adam supo que ir solo a la reunión había sido la decisión correcta.

Dudaba que la reunión hubiera ido tan bien si se hubiera presentado con un ejército de asesores. Victor parecía ser alguien chapado a la antigua, alguien que hacía negocios basándose en sus propios instintos y luego dejaba que los negociadores y abogados se ocupasen de los detalles.

—Genial, esperaré a recibir noticias suyas. —Y haría lo que pudiera para reconducir el trato a su favor. Tener un gerente para el hotel lo antes posible le daría más legitimidad al proyecto y también facilitaría la transición cuando la propiedad cambiase de manos.

Mientras caminaban hacia el vestíbulo, Adam vio a Olivia de refilón en su despacho, trabajando con la cabeza agachada. Las ganas de ir y hablar con ella le sorprendieron. Solo habían hablado brevemente en el ascensor, pero le había causado muy buena impresión. No sabía si había sido por su forma de no andarse con rodeos o su interés en The Mansion, pero había sido muy fácil hablar con ella.

Se rio de sí mismo. ¿De verdad necesitaba excusas para querer acercarse a una mujer guapa? Aun así, sería raro girar bruscamente hacia su despacho mientras su padre lo guiaba hasta los ascensores.

Se aseguraría de hablar con ella la siguiente vez que visitase las oficinas.

# CAPÍTULO DOS

Eran casi las cinco cuando Olivia pudo al fin dirigirse al despacho de su padre. Quería haberlo hecho en cuanto Adam se fue, pero su padre había estado ocupado reuniendo un equipo para trabajar en la propuesta de The Mansion. Después, ella había estado reunida con recursos humanos para buscar un nuevo jefe de cocina para uno de sus franquiciados.

A pesar de los intentos por calmar sus nervios, no pudo contener su emoción al acercarse a la puerta. Su propuesta para el hotel de Yosemite era la única por la que su padre le había preguntado. Eso quería decir que estaba interesado, ¿no?

Paula, la secretaria de su padre, ya se había ido, así que Olivia fue directa hacia la puerta abierta y llamó.

—Hola, cariño —dijo su padre mientras entraba—. ¿Qué tal fue todo con The Granger? —le preguntó refiriéndose al hotel que había visitado en Boston—. ¿Pudiste hablar con Peters?

Larry Peters, el dueño del hotel, tenía que haberse puesto en contacto con ella el mes anterior para que aprobasen los planes de reforma que tanto necesitaban. Pero, cuando el tiempo pasó y él no contestó a sus llamadas, voló a Boston para ver si habían hecho algún cambio en el hotel y para hablar con él en persona. Ya que Larry la había estado evitando, no fue a su casa y optó por arrinconarlo en el hipódromo, donde él tenía un caballo que iba a correr en el derbi.

—Sí —contestó ella sentándose frente a su padre—. Dijo que estaba trabajando en los planos con un arquitecto, pero cuando le pedí verlos admitió que aún seguían buscando un estudio de arquitectura.

Dudaba que Peters fuera a hacer la reforma. Si de verdad fuera esa su intención, podría haberle pedido recomendaciones a ella o a cualquiera en Montgomery meses atrás, cuando recibió el plan de mejora.

Vaciló antes de añadir algo más:

—Creo que Peters está haciendo tiempo mientras busca otra cadena de hoteles menos exigente. —Que ella supiera, hasta podría estar ya negociando un contrato con otra persona. No había parecido muy interesado en lo que ella tenía que decirle.

—No me sorprendería. Nunca se ha cortado a la hora de quejarse de nuestros altos estándares.

Aunque era verdad que los estándares de Montgomery eran más altos que los de la mayoría, eso les había granjeado una clientela fiel. A los hoteleros que elegían Montgomery Hotels normalmente les atraía esa clientela, pero no todos estaban preparados para invertir en el mantenimiento necesario para mantener dichos estándares. Olivia odiaba la idea de perder otro de sus hoteles, pero era mejor eso que tener clientes insatisfechos.

Como aún no habían tomado una decisión definitiva al respecto, continuó.

—Han arreglado algunas pequeñas cosas del plan de mejora, incluida la renovación de las luces. —Se abstuvo de comentar que probablemente solo lo habían hecho para reducir la factura de la luz—. Te envié por correo mi informe junto con el antiguo que hizo Jim, pero creo que lo más urgente son los baños de los huéspedes, necesitan una reforma completa. —Se había desanimado al ver lo viejo que parecía todo, incluso había visto grietas en algunos lavabos—. El servicio era bueno, pero a veces estaban cortos de personal. Hablé de ello con el director general y me dijo que había un virus que estaba causando esas ausencias.

Pero Jim, su especialista en reformas, también había informado de que la falta de personal tres meses atrás se debía a un virus, así que la historia no era muy creíble. Y, ya que al dueño no le importaba lo suficiente su hotel como para mantenerlo en condiciones, no era descabellado pensar que no estuviera dispuesto a mantener una plantilla completa.

Todos esos problemas de personal y las renovaciones no existirían si Montgomery fuera dueño del hotel, pero se trataba de uno de sus franquiciados. Aunque todas las mejoras eran por el bien del hotel, algunas veces los dueños pensaban que eran innecesarias o demasiado caras. Lo peor era todo el tiempo que Jim y ella habían pasado intentado hacer que las reformas fueran más aceptables para Peters.

Ella sabía que a Peters no le haría gracia recibir el plan, así que habían descartado una reforma total que hubiera requerido el cierre temporal del hotel y habían dividido el plan de mejora en dos fases: la primera, relativa a los aspectos que había que arreglar enseguida y, la segunda, a los que mejorarían la experiencia de los huéspedes.

Y, a cambio, recibieron un silencio absoluto por su parte. Era frustrante, cuanto menos, pero mantuvo sus emociones a raya. Sus sentimientos no cambiarían nada la situación y su padre prefería lidiar con los hechos.

—Dime si tienes alguna duda tras leer el informe.

Tenía curiosidad por saber qué haría su padre. Le había visto hacer de todo en situaciones similares, desde ofrecerse a comprar el hotel a abandonar la propiedad y, aunque era raro que sacase un hotel de su porfolio, podía pasar perfectamente en estas circunstancias. Peters había demostrado con creces su poca profesionalidad al ignorar sus llamadas y correos electrónicos.

—Pero, mientras tanto, quiero continuar con mi propuesta de Yosemite.

—Ah, sí —dijo su padre reclinándose en su silla—. Un hotel de lujo para los amantes de las aventuras al aire libre.

En realidad, tenía un plan para una pequeña línea de hoteles cerca de parques nacionales y actividades al aire libre. A menudo, las opciones de alojamiento cerca de los parques nacionales eran limitadas y si querías un hotel de cinco estrellas ya podías olvidarte.

Claro que había algunos cerca de los parques o incluso dentro, pero normalmente había que reservar con más de un año de antelación. Era un mercado con mucha demanda y ella pensaba que Montgomery estaba bien posicionado para cubrir ese vacío. También sería una forma estupenda de introducir su marca a otras personas que de otra forma no habrían considerado sus hoteles.

Pero tendrían que ser selectivos con las localizaciones. Una gran parte de la clientela que repetía con Montgomery estaba conformada por clientes de negocios y la mayoría de las localizaciones que ella tenía en mente para esta línea en particular estaban muy alejadas de cualquier sede corporativa. Tendrían que depender de la gente que iba de vacaciones.

—Tienes que admitir que nos habría venido bien un par de veces un hotel como este —dijo ella. Como su padre estaba tan ocupado con sus negocios, su familia rara vez había podido planear las vacaciones con tiempo. Para cuando podían hacer una reserva, a menudo los hoteles estaban ya llenos.

Tampoco ayudaba que su padre fuera un tiquismiquis en cuanto a alojarse en un hotel de la competencia, y para él casi todo el mundo era competencia, lo cual reducía bastante sus opciones. Quitando las propiedades de Montgomery, normalmente solo estaba dispuesto a alojarse en hoteles independientes que no estuvieran afiliados a ninguna cadena.

Cuando los hoteles estaban llenos, lo cual era casi siempre, terminaban alquilando una casa o cabaña. Victor podría haber conseguido una habitación fácilmente a base de favores o dinero, pero no era ese tipo de persona. Como hotelero que siempre ponía al cliente por delante, consideraba que las reservas eran sagradas, incluso cuando no eran en su hotel.

—¿Crees que estás dispuesta a hacer algo tan grande? —preguntó él.

—Sí.

No solo estaba emocionada ante la oportunidad de demostrar que podía manejar proyectos grandes como ese, quería dejar de ser gestora de relaciones. Su padre le había dado ese puesto cuando se unió a Montgomery porque era la mejor forma de aprender sobre la parte corporativa del negocio. Y, aunque era verdad que había aprendido un montón durante sus cuatro años en el puesto, quería hacer más.

Su padre se lo pensó un segundo y asintió.

—Vale, entonces quiero que te encargues del proyecto de The Mansion. —Hizo un gesto con la mano—. Te has enterado de que el futuro dueño se ha puesto en contacto con nosotros, supongo.

—Sí, conocí a Adam esta mañana en el ascensor. Espera… ¿eso significa que es nuestro?

La idea de que el hotel de su abuelo volviera a estar en la familia la llenó de emoción hasta que recordó todos los cambios que quería hacer Adam. Dijo que quería demolerlo. Ella no podía hacerle eso al hotel de su abuelo. ¿Cómo podía esperar su padre tal cosa de ella? Ya sabía lo que sentía por The Mansion.

—Bueno, aún no. El equipo está preparando una propuesta, pero espero que tengamos una participación del cincuenta por ciento del hotel. Cuando se cierre el trato, quiero que tú lideres el proyecto. —Levantó la mirada hacia ella—. Ya sé lo mucho que quieres recuperar The Mansion por el abuelo, pero no quiero oír nada más sobre esa locura de devolver el hotel «a su gloria original». Es ostentoso, de mal gusto y pasado de moda. Tú también lo pensarías si lo mirases con objetividad.

Ella enderezó la espalda. Nunca había oído a su padre hablar así del hotel y eso disminuyó su entusiasmo. Llevaba tiempo queriendo recuperar The Mansion para la familia, pero no de este modo. No podía destruir lo que su abuelo había construido.

—Si tan malo es, ¿por qué lo quieres?

Incluso ella admitía que las habitaciones eran un poco antiguas y ostentosas, pero las zonas comunes del hotel no necesitaban más que una pequeña reforma para realzar su belleza ya existente, no el trabajo de demolición que Adam tenía en mente. Sintió un escalofrío al pensar en The Mansion sin su precioso salón de baile y su maravilloso salón de té. No, no podía permitirlo.

Su padre se rio.

—Porque yo también lo quiero. Fue el primer hotel de tu abuelo, el origen de la firma Montgomery. ¿Te imaginas el triunfo que sería recuperarlo?

Ella parpadeó, sorprendida. Después de que su padre rechazase su propuesta, pensó que no estaba interesado en readquirir el hotel. Pero lo que no le gustó fue su visión, lo cual no pintaba bien para sus planes de insistir con un arquitecto de restauraciones. Aun así, tenía la intención de terminar de armar su pequeña lista de posibles firmas con las que contactar una vez se cerrase el trato. Darle a Adam ideas y opciones para conservar las características de The

Mansion podría ser la clave para detener sus planes de demoler el hotel.

—¿Seguro que te parece bien ser socio de Adam? —le preguntó ella.

Desde que perdieron su hotel previo en Manhattan a causa de unos socios sin escrúpulos, no se imaginaba a su padre dispuesto a formar otra asociación, especialmente una en Nueva York. Si las cosas volvían a salir mal, el hotel sería un recordatorio constante de ello cada vez que pasaran por su lado.

—Él insiste en conservar al menos una parte de la propiedad. —Su padre se encogió de hombros—. Además, parece un tipo bastante decente.

Olivia hizo un esfuerzo por no poner los ojos en blanco. Como siempre, papá se centraba en las personas y prefería basar sus decisiones en sus intuiciones y corazonadas sobre el carácter de alguien y dejar que fueran otros quienes lidiasen con los aspectos prácticos del trato. Aunque pareciese una locura hacer negocios así, le había ido muy bien.

—Pero ¿qué pasa con mi propuesta? —Ya se había hecho ilusiones.

—¿Qué tal si vemos cómo van las cosas con The Mansion y la retomamos a principios de año?

Ella se sintió muy decepcionada, aunque era consciente de que era una propuesta más que razonable. Sí, tenía experiencia con las reformas, pero nunca había estado al cargo de un proyecto de esa magnitud, desde la reforma hasta la transición de la gestión y las operaciones. De hecho, encargarse del proyecto de The Mansion sería un avance para ella. No uno tan grande como hubiera sido el proyecto de Yosemite, pero un avance, a fin de cuentas.

Su padre no había rechazado la propuesta de Yosemite inmediatamente y ella se lo había tomado como una señal de que la aceptaría. Se había hecho esperanzas y ya estaba pensando en el futuro. Ser relegada a otra reforma para uno de sus franquiciados, incluso si era para el hotel de su abuelo, era como dar un paso atrás.

—¿Qué habrías hecho si Adam no se hubiera puesto en contacto con nosotros? —no pudo evitar preguntar.

—Te hubiera puesto al mando de otro hotel. —Se encogió de hombros—. En realidad, estaba pensando en ofrecerle a Peters comprarle The Granger si sigue dando problemas con las reformas. Puede que lo haga.

Debería estar ilusionada de que le dieran la oportunidad de probarse a sí misma con un proyecto tan grande, pero no podía evitar pensar que la razón por la que su padre lo estaba haciendo era lo que pasó con el Whitcombe, su anterior hotel en Manhattan.

Alrededor de un año después de que ella se uniese a Montgomery, su socio en el Whitcombe había empezado a quejarse del alto coste de las operaciones y había querido cambiar de técnicos. Por entonces, Montgomery tenía una lista de técnicos autorizados para dirigir los hoteles de la firma Montgomery, así que ella había autorizado el cambio sin consultarlo con su padre. No le había parecido que mereciera la pena el tiempo y el esfuerzo de discutir con Gen Capital sobre los costes e, inocentemente, había pensado que volverían cuando vieran que los gastos de Montgomery estaban justificados.

Pero, apenas un año después, el auditor interno descubrió que Gen Capital había conspirado con el director para falsear las cuentas y hacer ver que sus beneficios eran menores de lo que realmente eran mientras robaban la diferencia.

Su padre le vendió la participación que les quedaba en el hotel a Gen Capital cuando lo descubrió. Como seguramente su ataque al corazón había sido causado por el estrés, su madre y él decidieron que no merecía la pena pelear para recuperar las pérdidas y los fondos malversados.

Y, aunque Montgomery había ganado dinero, el resultado había dolido, no solo porque habían vendido su parte por menos de lo que valía, sino porque habían dado mucho por esa propiedad. Joder, Olivia prácticamente había crecido en el Whitcombe. Había pasado prácticamente cada día después de las clases allí, haciendo cualquier tarea imaginable. Y, aunque a menudo odiaba esas tareas, parecía inconcebible que el hotel no formase parte de la familia Montgomery.

Olivia sabía que la decisión de su padre de vender tenía más que ver con la poca confianza que tenía en su habilidad que con las ganas de evitar el estrés. No había confiado en que ella pudiera hacer el trabajo. No le cabía duda de que habría decidido luchar si su asesor de confianza, Gene Cunningham, no se hubiera retirado y siguiera formando parte de la compañía. Papá siempre había sido de los que no toman prisioneros en lo relativo a los negocios y por eso había hecho crecer Montgomery en tan poco tiempo.

Pero no solo había decidido no luchar, también había dejado de autorizar la licencia de su firma a hoteles nuevos si no los dirigían ellos. Según él, era la mejor forma de controlar la calidad.

Él le había asegurado que había actuado bien, pero ella no estaba convencida y llevaba intentando compensar su error desde entonces.

—Vale —respondió ella con cautela. Lo haría bien esta vez y demostraría que era capaz de ejecutar su plan de Yosemite. Además, como jefa del proyecto de The Mansion, estaría a cargo de las reformas y eso la pondría en una mejor posición para preservar el legado de su abuelo lo mejor que pudiera.

—Bueno, ¿qué opinas de Adam? —preguntó su padre.

Ella se sonrojó al recordar la sonrisa de Adam. Parecía que no solo Carol se volvía loca por una cara bonita. Por mucho que odiase que quisiera cambiar el hotel de su abuelo de forma tan drástica, no podía negar que había algo innegablemente sexy en él. Y el hecho de que hubiera decidido convertirse en promotor inmobiliario en lugar de depender del dinero de su familia decía mucho de su carácter.

—Parece un tío bastante decente, no he tenido la ocasión de hablar mucho con él.

—Creo que está soltero —dijo su padre, y ella soltó un quejido.

—Papá, ya sabes que no estoy interesada en verme con nadie ahora mismo. —Apenas tenía tiempo libre. Cuando no estaba gestionando crisis, estaba trabajando en sus propuestas. En algún momento su padre las aprobaría y, cuando eso ocurriese, no quería ninguna distracción, ya fuera romántica o no. No se lo podía permitir.

Era una locura. A su padre nunca le habían gustado ninguno de sus novios. Era como si pensase que no había ningún hombre lo bastante bueno para su única hija. Pero, ahora que era más mayor, prácticamente le estaba tirando todos los hombres solteros a la cara. Incluso a veces le preguntaba por William Yates, su novio del instituto y la universidad. Papá no había disimulado su desagrado cuando salía con William, pero, ahora que habían roto, a menudo actuaba como si pudiera haber sido el yerno perfecto.

—Bueno, esperaba que cambiases de idea. ¿Y el hijo de Mark Callahan? Ha vuelto de Singapur hace poco.

—¡Papá!

—Ya, ya lo sé —dijo él levantando las manos—. Nada de charlas personales en la oficina. Pero te advierto que tu madre y yo no nos vamos a rendir.

Ella se levantó y sacudió la cabeza con una sonrisa. Sus padres eran incorregibles, especialmente respecto a la idea de sentar cabeza. Estaban como locos por tener nietos. Aunque ella también quería niños algún día, primero quería construir una carrera de la que se sintiese orgullosa. A menudo, sentía que simplemente se estaba aprovechando de la benevolencia de sus padres.

—Creo que tendréis más suerte con Robbie —dijo ella, y su padre resopló. Su hermano era un orgulloso soltero, pero, al ser tres años mayor que ella, suponía que debían cargarle a él con la responsabilidad de darles nietos—. Y gracias por la oportunidad. —No era lo que quería, pero entendía que antes debía probarse a sí misma.

—No me decepciones, cariño —le dijo su padre mientras se dirigía a la puerta.

—No lo haré.

* * *

Más tarde esa semana, a Adam le sonó el móvil mientras entraba en su apartamento. En la pantalla aparecía el nombre de Jake Halliday. Habían cerrado la venta de The Mansion el día anterior, así que Adam supuso que el gestor de fondos de inversión llamaba para decirle algo tipo «ha sido un placer hacer negocios contigo».

—Buenas noches, Jake. ¿Tienes otro hotel que ofrecerme? —bromeó Adam mientras dejaba su maletín en la mesita baja.

Había conocido a Jake en una fiesta el año anterior y se había sorprendido cuando lo llamó para preguntarle si estaba interesado en adquirir The Mansion. El hotel se había usado para pagar una deuda y Jake necesitaba liquidez rápida.

En ese momento, Adam ya llevaba tiempo pensando entrar de alguna forma en el mercado de Nueva York, pero los elevados precios de las propiedades lo habían frenado. Aunque los precios inmobiliarios de Nueva York crecían a un ritmo mucho más rápido que en Texas, seguía siendo difícil de asimilar.

Cuatrocientos millones en Nueva York no eran nada comparado con lo que se podía comprar por ese mismo precio en Texas. Pero sabía reconocer un buen trato cuando lo veía, y The Mansion lo era.

—Ja, ja. No. Solo quería decirte que están circulando rumores de que eres insolvente.

Adam frunció el ceño.

—Sabes que eso no es verdad. —Si lo fuera, no habría podido conseguir un préstamo para financiar la compra del hotel y no habrían podido cerrar el trato así de rápido.

—Lo sé, hice mi propia investigación por mi cuenta. Pero pensé que deberías saber lo que andan diciendo.

—¿Has oído algo más?

Jake hizo una pausa antes de contestar.

—Solo que tus proyectos en Texas no van muy bien. Muchas vacantes, retrasos… Ese tipo de cosas.

Eso tampoco era cierto y podía comprobarse fácilmente visitando sus proyectos. Supo de forma instintiva de dónde venían esos rumores: sus padres. Siempre estaban diciendo cosas malas sobre él para hacerlo parecer la oveja negra de la familia, pero era la primera vez que intentaban arruinar uno de sus acuerdos de negocios.

Una parte de él no podía creer que hubieran caído tan bajo, pero debería habérselo esperado. Tras años de menospreciarlo ante cualquiera que quisiera escucharlos, su continuo éxito los hacía quedar mal a ellos y su decisión de dejar de hablarle. No sabía de qué se sorprendía; precisamente él sabía de lo que eran capaces.

—Vale, gracias por avisarme. —No conocía muy bien a Jake, pero sin duda no le importaría conocerlo mejor. A juzgar por sus negociaciones de The Mansion y esa llamada, Jake era un tío sincero, lo cual era una agradable sorpresa. No había mucha gente así en el mundo de los negocios.

—No hay de qué. ¿Cómo va The Mansion?

Adam suspiró.

—Aún lo estoy hablando con un gestor. —Las negociaciones con Montgomery Hotels no estaban yendo tan rápido como él había esperado. Una vez más, Victor le había ofrecido comprarle el hotel entero.

Victor había ofrecido un precio justo, uno que le reportaría a Adam una ganancia considerable, pero, como Adam ya había dejado claro, no estaba interesado. Quería llevar a cabo el proyecto y, ahora que sus padres lo sabían, más quería la propiedad y su prestigio. Les haría tragarse sus palabras y arrepentirse de lo que le habían hecho. Y la forma de hacerlo era a través de The Mansion.

Adam al fin había llegado a un acuerdo provisional con Montgomery el día anterior. Seguían trabajando en los detalles y términos, pero esperaba que finalizase pronto.

—¿Y qué tal te va a ti? —le preguntó a Jake.

Con todas las debidas diligencias e inspecciones necesarias para cerrar el trato de The Mansion, las últimas semanas habían sido increíblemente ajetreadas para Adam. Jake estaba dirigiendo la venta de múltiples propiedades y empresas en un trato con Quinley, así que Adam no podía ni imaginarse su carga de trabajo.

Jake rio.

—Ojalá todo el mundo fuera tan fácil de tratar como tú. Ahora soy el dueño de Gerard porque un comprador se retiró.

—Estoy seguro de que encontrarás otro comprador. —Gerard era una conocida cadena chocolatera con tiendas en todo el mundo. De hecho, su hermana era una de sus mayores fans. No se imaginaba que a Jake fuera a costarle mucho encontrarle comprador.

—Por casualidad, no estarás tú interesado, ¿no?

Adam se rio.

—Gracias por pensar en mí, pero ahora mismo tengo que centrarme en The Mansion. —No podía dejar que fracasase, especialmente ahora que sus padres lo sabían. No se lo podía permitir.

—Tenía que intentarlo. Avísame si cambias de opinión.

Tras hacer planes para comer juntos cuando las cosas se calmasen un poco, Adam colgó el teléfono y devolvió su atención a esos rumores. Tenían que provenir de sus padres.

Vale, no es que fuera especialmente conocido por su amabilidad en sus relaciones comerciales, pero nunca había jodido a nadie. Siempre se aseguraba de que sus tratos fueran justos para todas las partes involucradas o, de lo contrario, no los hacía. Francamente, los únicos que tenían quejas de él eran sus padres. Habían esperado que volviera a casa de rodillas después de pasarse de la raya con su fondo fiduciario. Pero, en lugar de eso, había convertido dicho fondo en un pequeño imperio.

Probablemente, difundir rumores sobre él era la única forma que tenían de llamar su atención para que volviera a bailar a su son, pero se negaba a darles esa satisfacción. Tendría éxito por méritos propios.

# CAPÍTULO TRES

—Es una belleza, ¿verdad? —dijo Ricky Devine mientras él y Adam se acercaban a The Mansion.

—Sí que lo es —respondió Adam, de acuerdo con su segundo al mando.

El histórico hotel era un regalo para la vista y se mantenía firme contra el impresionante horizonte de Manhattan. Aunque no era tan alto como algunas de las estructuras vecinas, su diseño y calidad consolidaban su posición como uno de los edificios más imponentes de la ciudad. Y de cerca solo mejoraba. Durante el día, como ahora, uno podía ver todos los detalles que tenía: parapetos góticos, enladrillado con diseño, elaborados ventanales de bronce…

El edificio estaba en una categoría totalmente distinta de los hoteles que él había desarrollado anteriormente y era una prueba de lo lejos que había llegado en su carrera. Había pasado de desarrollar un pequeño centro comercial con solo cinco tiendas a esto.

A veces, aún le costaba hacerse a la idea. Tras liberarse de la influencia de sus padres, había buscado una forma de ganar dinero para no tener que volver a depender de nadie. Y ahora estaba en el proceso de crear un imperio que pronto se igualaría al de sus padres. El haberlo construido desde cero en lugar de haberlo heredado era infinitamente más satisfactorio.

El portero les abrió la puerta y entraron en el cálido recibidor. Como siempre, la ostentosa decoración desentonaba, en su opinión. Incluso después de todas sus visitas a The Mansion, ver el ostentoso y pretencioso interior después de apreciar la belleza sutil del exterior era una experiencia estremecedora. Estaba deseando poner en marcha la remodelación para deshacerse de esa monstruosidad.

Observó la zona de recepción y su mirada se fijó en Olivia, que llevaba un vestido verde claro que dejaba ver sus piernas tonificadas. Recordó que era su socia comercial y levantó la mirada para ver que estaba hablando con una mujer alta y rubia cerca del mostrador principal. Se dirigió hacia ellas y Olivia levantó la mirada para encontrarse con la suya con una sonrisa que curvaba sus bonitos labios.

—Gracias por venir —dijo encontrándose con él a medio camino y estrechándole la mano con firmeza.

—Por supuesto. —Ella ya le había enviado una larga lista de mejoras que el hotel necesitaba, pero también quería hablar con él para asegurarse de que estaban de acuerdo antes de contactar con estudios de arquitectura para las propuestas.

Él era el primero en admitir que no le había hecho especial ilusión que nombrasen a Olivia directora del proyecto

The Mansion. Aunque había disfrutado conversar con ella cuando se conocieron, sospechaba que su padre le había dado el trabajo por nepotismo, y su búsqueda online solo había reforzado sus preocupaciones. No había encontrado absolutamente nada acerca de sus cualificaciones profesionales o logros con Montgomery ni ninguna de sus relaciones comerciales.

Lo único que había eran fotos de ella en fiestas y eventos benéficos. Ya se había preparado para pedirle a Victor que reemplazase a Olivia por alguien más capaz de dirigir el proyecto, pero, tras intercambiar unos cuantos correos, se había dado cuenta de que no tenía de qué preocuparse. Para ella, el puesto no era simbólico. Sabía lo que se hacía y trabajaba rápido.

—Este es Ricky Devine —dijo él haciendo las presentaciones.

Olivia sonrió de oreja a oreja mientras le estrechaba la mano.

—Hola, Ricky. Qué bien ponerte cara al fin.

A Adam le irritó lo animada que estaba de repente. ¿Por qué con él no había actuado de la misma forma? Entonces recordó que debían de haber intercambiado correos relativos a The Mansion, ya que había puesto a Ricky al cargo del proyecto por su parte. Seguramente era normal que estuviera emocionada por conocer al fin a la persona con la que iba a trabajar codo con codo durante las reformas.

Pensar en ellos dos juntos lo turbó y se quedó congelado. ¿De dónde salían estos celos repentinos? Vale, le habría pedido salir si la hubiera conocido en una fiesta, pero eran socios comerciales, así que eso estaba descartado.

Sabía que no era bueno mezclar los negocios con el placer, y estaba bastante seguro de que Ricky también.

Entonces, ¿por qué quería decirle a Ricky que le soltase la mano? La falta de sueño debía de estar afectándole. Se prometió a sí mismo que iba a empezar a delegar más en otros.

—Es un placer conocerte —contestó Ricky, soltándole la mano al fin.

Olivia les presentó a Natalie McCombs, la especialista en estándares de Montgomery. Después de que él y Ricky le estrechasen la mano a Natalie, Olivia asintió.

—¿Queréis empezar por abajo e ir subiendo?

—Claro —dijo él.

—¿Has podido mirar los portfolios de los dos estudios de arquitectura que envié? —preguntó ella mientras se dirigían al ascensor.

—Sí. Me gusta más Axe, pero los dos me parecen bien. —Ambos estudios habían hecho maravillas modernizando edificios históricos.

—Genial —respondió ella mientras entraban en el ascensor—. Ya tenemos listos los planos as built y los informes de ingeniería, así que solo necesitamos añadir lo que hablemos hoy antes de contactar con ellos.

El ascensor se cerró y él se dio cuenta de que Olivia llevaba perfume, un aroma suave y floral que olía deliciosamente dulce. ¿O era su champú? Resistió las ganas de inclinarse hacia adelante y comprobarlo.

—¿Y la lista de mejoras? ¿Hay algo que quisieras añadir? —preguntó Olivia, obligándolo a recordar de qué estaban hablando.

—Me preguntaba por qué quieres mover el gimnasio. — Quería moverlo del sótano a una de las plantas superiores, lo cual parecía completamente innecesario, especialmente porque eso lo haría más pequeño. No le vendrían mal un lavado de cara y máquinas nuevas, pero la ubicación estaba bien como estaba.

—Quiero darles a los huéspedes otras vistas a parte de la televisión o los espejos mientras hacen ejercicio. Admito que no hay mucho espacio arriba, pero dos mil metros cuadrados deberían ser más que suficientes para un hotel de este tamaño. Además, podríamos usar el actual gimnasio para agrandar el spa y ofrecer una sala de ordenadores más grande para los nuevos servidores que vamos a instalar. — Las puertas del ascensor se abrieron y ella salió de él—. La sala de ordenadores es un poco pequeña y se calienta demasiado para nuestro gusto, pero podemos compensar el espacio extra con el espacio de oficinas que vamos a liberar.

Y Adam sabía que iban a actualizar todos los sistemas, desde la sala de reuniones hasta los ascensores.

—En tu correo mencionabas un software que automatizaría los procesos administrativos —dijo Ricky—. ¿Podrías explicarlo con más detalle?

Olivia asintió y empezó a hablar sobre cómo su software de contabilidad tenía integrado un módulo de gestión de los clientes que les permitía hacer de todo, desde conciliar la contabilidad hasta asignar habitaciones a sus huéspedes basándose en sus preferencias.

Era un sistema más sólido que el que Adam usaba en sus hoteles, pero lo más importante era que Montgomery no lo usaba como una forma de reducir la interacción con el cliente. Se dio cuenta de que no eran solo el diseño y los servicios lo que diferenciaba a Montgomery de otros hoteles, sino también su atención al público. Joder, incluso la disposición de Montgomery a tomarse su tiempo para revisar cada una de las habitaciones y asegurarse de que todo el mundo estaba contento reflejaban lo mucho que les importaba su opinión y satisfacción. Quizá fuera porque él había estado construyendo hoteles desde cero, pero Stone House, el operador de sus otros hoteles, nunca había hecho tal cosa. Solo le habían dado las especificaciones y le habían presentado a las personas adecuadas.

Al ver cómo en Montgomery estaban dispuestos a ir más allá, supo que había tomado la decisión correcta al asociarse con ellos. Lo iban a hacer bien con The Mansion.

* * *

—Y reemplazar el pasamanos dorado por uno de cristal —dijo Adam mirando los pisos superiores del atrio.

Olivia gruñó para sus adentros mientras Ricky añadía diligentemente la exigencia a la lista de Adam, que no paraba de crecer. El recorrido no estaba yendo como ella había planeado ni por asomo.

Había pensado tontamente que hacerle un recorrido a Adam por todas las estancias lo haría apreciar la belleza y el encanto únicos de The Mansion y que se replantearía los planes de una renovación integral. Pero, en lugar de eso, parecía encantado imaginando todas las formas diferentes en las que podía modernizar el hotel.

Olivia miró el pasamanos dorado pensando en la

exigencia de Adam. Le encantaban los delicados diseños de flores y pensaba que le daban un toque alegre y extravagante que complementaba el sombrío suelo de mármol. Si por ella fuera, conservaría el pasamanos y lo usaría como punto de partida para el resto del diseño.

«Es ostentoso, de mal gusto y pasado de moda».

Las palabras de su padre resonaron en su mente y le hicieron preguntarse si, en efecto, se estaba aferrando a un recuerdo idealizado.

Intentó mantener la mente abierta y levantó la mirada para imaginarse cómo quedaría un pasamanos de cristal; primero, como si estuviera mirándolo desde el suelo del vestíbulo principal, después, como alguien mirando hacia abajo desde una de las plantas superiores. Después, intentó visualizar cómo fluirían entre sí todas las partes.

—No estoy segura de que el cristal vaya a funcionar con el diseño actual —admitió finalmente. Aunque le iría mejor al techo de vidrieras que las barandillas metálicas, los componentes individuales no casaban como un todo. —Pero definitivamente podría funcionar si renovásemos por completo el atrio con luces nuevas, suelos nuevos, una paleta de colores diferente… El diseño no complementaría el salón de té, pero fluiría bien con las tiendas.

—No creo que tengamos que considerar el diseño actual del salón de té —contestó Adam mientras se dirigía hacia él y se detenía en la puerta para mirar el interior. —Creo que quedaría mejor con sillas de cuero, paredes revestidas de madera, ese tipo de cosas.

«¿El salón de té? No».

Sí, la mayoría de salones de té estaban decorados de

forma similar, pero la atmósfera profesional de esos espacios siempre le recordaba más a una sala de reuniones que a un restaurante elegante en el que tomar una comida ligera.

Aún recordaba la primera vez que sus abuelos la llevaron a tomar el té cuando tenía siete años. Se había quedado con la boca abierta al ver los candelabros, las vidrieras, los elegantes manteles y los bonitos platos. The Mansion le había parecido un castillo de cuento de hadas y la sala de té, los aposentos de una princesa. Sus abuelos incluso la vistieron como a una para la ocasión.

Al abuelo no le había importado no ser ya el dueño de The Mansion ni que su empresa fuera propietaria de un hotel de la competencia en la manzana de al lado. En su mente, siempre sería suyo porque no solo lo había creado, prácticamente también había crecido en el edificio cuando albergaba su banco.

Por desgracia, su padre se había enterado tras la segunda visita y las había prohibido. A menos que fueran a una fiesta o estuvieran planteándose dirigir o comprar el hotel, Victor estaba en contra de que vieran a cualquier miembro de la familia en un hotel de la competencia. Uno nunca sabía cuándo lo podían fotografiar y no quería darle a nadie material para dañar su negocio.

Ella no lo había entendido entonces y se quedó destrozada cuando se enteró de que no podía volver al precioso castillo. Para compensárselo, el abuelo mandó hacer una casa de muñecas inspirada en The Mansion para ella. Tenía el vestíbulo con su techo alto, el salón de baile con sus preciosos arcos y columnas y algunas habitaciones en las que le encantaba poner a dormir a sus muñecas.

—¿Hay algo que te gustaría conservar? —le preguntó, aguantándose las ganas de decirle lo genérico que iba a parecer el salón de té si implementaban sus sugerencias.

¿Por qué tener una versión de lo que tenía todo el mundo si podían tener ese espacio único? ¿Cómo podía no apreciar esa atmósfera de castillo?

Él negó con la cabeza.

—No, no creo que debamos conservar nada. Estoy pensando en poner ventanas transparentes, techo de paneles elevados y luces de baja altura.

Ella forzó una sonrisa.

—Lo incluiré en mis notas, pero quizá sea mejor tener un informe del diseño menos rígido por el momento. En este momento, queremos animar a los arquitectos a que aporten sus mejores ideas más que dictarles restricciones. — No sabía cuánto más iba a poder soportarlo. Él estaba destrozando sus sueños con cada palabra que decía.

Adam rio.

—Por supuesto, entiendo la necesidad de libertad creativa.

Ella dudaba sinceramente que él supiera lo que era la libertad creativa. A juzgar por la forma en la que había señalado cambios en todos y cada uno de los espacios (cambios que convertirían a The Mansion en una réplica exacta de cualquier otro hotel), no tenía ningún impulso creativo en absoluto.

Suspiró y se detuvo. No estaba siendo justa con él. Vale, su visión del hotel era diferente a la de ella, pero eso no quería decir que no tuviera creatividad. Aunque seguía sin poder comprender cómo podía querer deshacerse de las vidrieras y el techo pintado. Ningún arquitecto en su sano juicio sugeriría tal cosa.

Ese pensamiento la frenó en seco y se dio cuenta de que se había estado preocupando por nada. Sí, Adam quería cambiar un montón de cosas, pero no tenía ninguna formación en arquitectura ni diseño. Solo estaba señalando lo que no le gustaba y sugiriendo «mejoras». El arquitecto, por otra parte, consideraría el diseño del edificio como un todo.

Y, por su experiencia trabajando con Axe, estaba convencida de que encontrarían una solución que Adam aprobaría y que mantendría vivo el espíritu de su abuelo. La inundó el alivio y continuó el recorrido mucho más tranquila.

# CAPÍTULO CUATRO

—Espero que podamos alquilar uno de vuestros espacios —dijo Emilia Cruz por teléfono, lo que hizo sonreír a Olivia. Era bonito saber que había gente emocionada por The Mansion.

Desde que se extendieron las noticias de la compra, varias firmas de moda se habían puesto en contacto con ellos para alquilar sus locales comerciales. La propiedad de The Mansion en la Upper Fifth Avenue ya era bastante codiciada de por sí, pero lo era aún más con la nueva dirección de Montgomery.

—Me pondré en contacto contigo en un mes o así, cuando sepamos más. —Su padre estaba buscando marcas más grandes y consolidadas que la de Emilia Cruz, pero Emilia se estaba convirtiendo rápidamente en la diseñadora favorita para vestidos de noche.

A Olivia le encantaría tomar la delantera en esa ocasión dándole a Emilia un local comercial en The Mansion, pero sabía que la decisión también dependía del resto de arrendatarios que tuvieran.

—¡Te lo agradezco!

Olivia colgó el teléfono unos minutos después, sintiéndose muy orgullosa. El hecho de que tanta gente estuviera interesada en hacer negocios con The Mansion sin haber visto siquiera los planes de reforma demostraba la fuerza de la firma Montgomery. Vale, el banco familiar ya los había convertido en un nombre conocido antes de abrir ningún hotel, pero fue el trabajo duro de su abuelo y su padre lo que convirtió Montgomery Hotels en la firma que era actualmente. Aunque no siempre le gustaba su trabajo, le encantaba la idea de continuar el legado familiar.

Pensando en ese legado, recordó que aún seguía esperando a que el arquitecto dijese algo. Revisó su correo y vio que Seth Tanner al fin había enviado sus diseños conceptuales para The Mansion. Abrió el documento, deseosa de ver qué se le había ocurrido.

Miró por encima la sección en la que detallaba los retoques que sugería para la fachada y pasó a las representaciones del interior. Frunció el ceño al ver el diseño moderno y elegante del nuevo recibidor. Sin sus características columnas romanas y candelabros, el espacio estaba irreconocible, y no pudo evitar preguntarse si no se habría confundido con otro proyecto. Se fijó en la siguiente imagen, una perspectiva del salón de baile, y frunció el ceño cuando vio las ventanas venecianas. Eran las mismas que tenía el hotel, lo que indicaba que no había habido ningún error.

Horrorizada, volvió a mirar la primera imagen e intentó

superponer el diseño sobre la distribución actual en su cabeza. Era suficientemente sincera para admitir que le gustaría el diseño si fuera para un hotel nuevo, pero no para The Mansion. Ese concepto minimalista no era adecuado en absoluto para el glamuroso hotel de su abuelo y lo despojaba de su carácter y espíritu. Las lámparas bajas y el sutil juego de colores similares hacían que pareciera igual a otros miles de hoteles y dudaba que alguien fuera a preferir los espacios abiertos a la suntuosa sala de estar actual.

No podía creerlo. Cuando Seth renovó su hotel en Charleston, apenas lo tocó. Diseñó pequeñas modificaciones que marcaban una diferencia tremenda, mezclando lo tradicional con la suficiente sensatez moderna para que resultara maravillosamente refrescante. Se había esperado algo similar para The Mansion, lo cual era una de las razones por las que le había ofrecido trabajar en el proyecto, pero parecía que esos diseños los hubiera creado una persona totalmente distinta.

Quizá debería haber avisado a Seth de que solo quería cambios sutiles, pero no había querido contradecir directamente los deseos de Adam y su padre ni coartar la creatividad del arquitecto.

Además, había pensado que él vería lo mismo que ella: un hotel precioso y tradicional que habían descuidado. Nunca se imaginó que sugeriría cambios tan radicales. Había propuesto un diseño llamativo que introducía claramente una estética moderna y minimalista que enfrentaba algunos elementos cuidadosamente seleccionados del edificio histórico. Un vistazo atrevido hacia el futuro con un guiño respetuoso al pasado, supuso ella, si tuviera que ponerse enigmática con su representación. Respetaba la visión de Seth y admiraba mucho su trabajo, así que… ¿Era posible que su padre y Adam tuvieran razón y The Mansion necesitase más que un pequeño lavado de cara?

Seth no habría recomendado tales cambios si no pensase que eran una mejora para el hotel. Pensó en el elegante vestíbulo de The Mansion, con su encanto del viejo mundo, recordó esa sensación de entrar en un mundo de fantasía de niña, tomando el té por primera vez, y se reprendió a sí misma por considerar siquiera esa idea traicionera. No. El vestíbulo era perfecto tal y como estaba, era solo que Seth no había conectado con él.

Se pondría en contacto con otro de los estudios de arquitectura que había seleccionado y pagaría otros diseños conceptuales de su propio bolsillo. Entonces, le daría a Adam a elegir entre ambos. Mientras tanto, le diría que aún no habían llegado los diseños de Axe.

Esperaban las propuestas ese mismo día y hasta habían retrasado su reunión semanal de los miércoles por ese motivo, pero no podía arriesgarse a que Adam viera esos diseños. De forma instintiva, supo que eran justo lo que él estaba buscando y que los aprobaría sin dudar, pero no podía permitirlo. Necesitaba darle una opción que conservase más del encanto de The Mansion y a la vez actualizase el edificio de forma general para que pudiera tomar una decisión fundada. Si aun así elegía el diseño de Seth… bueno, al menos ella habría hecho todo lo posible.

Suspiró mientras cogía las notas que tenía que revisar para la reunión. Llamaría al otro estudio de arquitectura por la tarde, cuando esta terminase. Con suerte, al menos podrían enviar un diseño del vestíbulo, aunque no fuera de todos los espacios comunes.

Cuando terminó de revisar las notas, salió de su despacho y se dirigió a la sala de reuniones. Acababa de pasar la zona de descanso cuando oyó una voz familiar de hombre.

—Hola otra vez.

Se giró y vio que Adam se dirigía a ella. Normalmente no asistía a esas reuniones semanales y ella sintió una punzada de culpa al darse cuenta de que probablemente había hecho una excepción porque quería ver los diseños de Axe.

—Hola.

—¿Se sabe algo del arquitecto? —le preguntó, confirmando sus sospechas.

—No, acabo de recibir un correo en el que dicen que van con retraso —respondió ella, e inmediatamente se sintió mal por mentir. Pero había demasiado en juego, no podía dejar que destruyesen el hotel de su abuelo. —Te avisaré en cuanto lleguen —añadió para suavizar el golpe, pero eso no la hizo sentir mejor.

Su abuelo habría aprobado esa mentira. Después de todo, había sido conocido por ser un hombre de negocios despiadado, pero no así su padre. Sus padres siempre la habían enseñado a ser directa y sincera y odiaba la idea de decepcionarlos, aunque no supieran lo que había hecho. Ellos la habían educado mejor que eso.

—Gracias, espero que el retraso merezca la pena —

contestó Adam, y Olivia comprendió de repente lo mal que su mentira iba a hacer quedar a Seth.

Vale, Seth se había retrasado unas horas con los diseños, pero eso no era nada comparado con las semanas de retraso que ella iba a fingir mientras esperaba al otro arquitecto.

—Bueno, ¿qué tal te va todo? —le preguntó Adam mientras se dirigían a la sala de reuniones.

—Todo bien, ¿y tú?

Él suspiró.

—Ocupado. Las lluvias están retrasando nuestro proyecto en Houston. Todos están intentando solucionarlo para que podamos abrir a tiempo. Ricky tenía que haber venido a la reunión de hoy, pero aún no ha vuelto.

—¿Otro complejo? —Por lo que ella sabía, los complejos comerciales, a diferencia de los hoteles, eran su fuerte.

—Tampoco te pases de entusiasmo —contestó él, y ella no pudo evitar sonreír al ver la risa en sus ojos marrones. No podía negar que era encantador y que la atracción que sentía por él empeoraba el hecho de que estuviera tratando de arruinar el sueño de su vida—. Pero sí, es otro complejo comercial.

Llegaron a la sala de reuniones y él le abrió la puerta.

—Gracias —murmuró ella entrando en la sala.

Aún era temprano, pero ya estaban todos allí. De pronto, la habitación quedó en silencio y ella tardó un segundo en darse cuenta de todos estaban esperando a que tomase el control. Recordó que era su proyecto, lo cual era como un golpe de realidad, aunque emocionante. Si ese proyecto tenía éxito, podría lanzar su propia submarca de hoteles el año siguiente.

Adam se sentó y ella empezó a hablar sobre cómo Montgomery había llegado a un acuerdo con el operador actual de The Mansion, Prism, para gestionar el hotel hasta que cerrasen por las reformas. Como iban a cerrarlo pronto, no tenía sentido enseñar a todos los empleados a ceñirse a los estándares de Montgomery o cambiar el sistema informático.

Pero, mientras todos presentaban sus novedades, ella no podía dejar de pensar en los diseños conceptuales que había recibido y ser consciente de que lo que había hecho no era más que un parche. Que ella tuviera la intención de contratar a otro arquitecto no significaba que Adam fuera a aprobar los diseños, pero tenía que intentarlo. Nunca se perdonaría a sí misma si no lo hiciera.

Esa noche, Olivia suspiró al entrar en el vestíbulo dorado de The Mansion. Llevaba todo el día torturada por la culpa de su hipocresía y sabía que no iba a aguantar así hasta que el otro arquitecto enviase sus diseños.

No sabía por qué había pensado que podía sostener esa mentira durante semanas. Ni siquiera había podido con la culpa aquella vez que tuvo medio día libre en el instituto y no se lo contó a sus padres. Como pensó que le mandarían tareas extra en el hotel, se fue de compras con sus amigas en lugar de ir a trabajar. Al final, se sintió fatal y terminó confesando la verdad a sus padres en cuanto llegó al hotel ese mismo día.

No pudo ni aguantar una mentira por omisión que no le

había hecho daño a nadie y, ¿aun así pensaba que podía con una mentira enorme que haría quedar mal a alguien que respetaba y consideraba su amigo? Sí, vale. Se lo contaría todo a Adam al día siguiente y se retiraría del proyecto. Eso implicaría despedirse de sus sueños de un hotel en Yosemite, pero no se lo merecía teniendo en cuenta lo que había hecho.

Había vuelto a fallarle a su abuelo.

Aún peor, esta vez también había fallado a sus padres. Le había asegurado a su padre que gestionaría el proyecto con la mente abierta. No solo no lo había hecho, sino que también había mentido sobre los diseños del arquitecto. Había estado tan ciega por el deseo de revivir el hotel de su abuelo que no había considerado el daño que les causaría a otros.

Pero no había sabido qué hacer. Cuando Adam le preguntó por los diseños, entró en pánico y lo único que le vino a la mente fue que no podía verlos. Las imágenes eran demasiado similares a sus ideas y ella supo sin ninguna duda que les habría dado el visto bueno.

Se metió las manos en los bolsillos y le echó un largo vistazo al vestíbulo en el que su abuelo había invertido tanto tiempo. Una parte de ella se sentía aliviada de decir la verdad al fin, pero, al mismo tiempo, sentía que el corazón se le estaba partiendo en dos.

Su abuelo había dado mucho de sí mismo en The Mansion. Diseñó los extravagantes pasamanos dorados inspirándose en la flor favorita de su abuela e incluso fue hasta Murano para encargar los candelabros a sus famosos cristaleros. Y ahora, lo iban a reemplazar todo por algo moderno y atrevido, sin corazón ni carácter único. No es que tuviera problemas con lo moderno y atrevido, pero odiaba la idea de tenerlo ahí en lugar del diseño de su abuelo. El minimalismo no tenía cabida en The Mansion.

Pero eso era lo que querían Adam y su padre y debía recordarlo.

No habría ninguna diferencia si ella pudiera convivir con la culpa hasta que llegasen los diseños del nuevo arquitecto, porque lo que ella quería no era la visión que ellos buscaban. Suspiró al sentarse en uno de los sofás. Era difícil creer que en dos años todo esto habría desaparecido.

Ella siempre había pensado que el The Mansion de su abuelo viviría eternamente. Vale, habían añadido algunas cosas, como el gimnasio y el spa, y habían cambiado otras, como mover el bar al lado del restaurante principal, pero el diseño básico siempre se había mantenido intacto independientemente de quién fuera el dueño.

Le dolía pensar que ellos, los propios familiares de su abuelo, iban a ser los que cambiasen el hotel tan drásticamente, los que pondrían fin a sus sueños e ideas. Era una auténtica traición.

Pero así eran las cosas en la despiadada industria hotelera: los hoteles tenían que adaptarse constantemente para ponerse al día con los gustos y demandas de los huéspedes.

Le sonó el móvil en el bolso. No le apetecía contestar, pero cuando vio que era Stacy Lang, se levantó y fue a una sala de reuniones vacía para atender la llamada. Siempre respondía a la familia y su mejor amiga desde la guardería entraba en esa categoría.

—Hola, Stacy —dijo cerrando la puerta.

—Hola, Livie, ¿qué estás haciendo?

—Estoy en The Mansion.

—¿En serio? ¿Aún estás trabajando?

—No, solo estaba pensando un poco. —Dudó antes de continuar—. He decidido retirarme del proyecto.

—¿Qué? ¿Por qué? ¡Llevas hablando de recuperar el hotel desde que éramos niñas!

—Eso fue antes de tener que limpiar los baños —bromeó Oliva antes de suspirar por el silencio de Stacy. Aunque era verdad que no había querido tener nada que ver con la industria hotelera tras tener que trabajar en el Whitcombe cada día después de las clases, durante los últimos años le había cogido el gusto a trabajar en Montgomery Hotels. —No quiero ser la que destruya lo que construyó mi abuelo. —Entonces le contó a Stacy lo de los diseños de Seth y cómo había fingido no haberlos recibido. —Si puedo hacer algo así de turbio ahora, ¿cómo voy a confiar en tomar las decisiones correctas en el futuro y no sabotear el proyecto? No puedo tener una perspectiva objetiva, así que es mejor que me retire.

—¿De verdad quieren tirarlo todo? —preguntó Stacy—. ¿Incluso el salón de té?

—Sí.

—¡Pero si es precioso! ¿Cómo van a querer demolerlo? Además, siempre está lleno. Estoy bastante segura de que la mayoría de los clientes ni siquiera se hospedan en el hotel. —Hubo una pausa y se oyó el chasqueo de unos dedos—. Ya sé. ¿Tienes el desglose de los beneficios del salón de té?

—No lo sé. —Tenía las cifras de las bebidas y la comida

en conjunto, pero no estaba segura de si estaban separadas por restaurantes o no—. Pero puedo comprobarlo.

—Igual ayudaría hacer un gráfico comparando las ganancias del salón de té con el índice de ocupación del hotel durante el mismo periodo. Eso demostraría lo mucho que los neoyorquinos adoran el restaurante, es casi un tesoro local. Puede que a Adam y a tu padre no les importe su belleza, pero estoy segura de que las cifras sí.

—Dios mío, es una idea buenísima. ¡Gracias! —Seguro que Adam y su padre no insistirían en una reforma tan drástica del salón de té si las ventas eran lo suficientemente altas en la iteración actual. Parecía muy sencillo. ¿Por qué no se le había ocurrido a ella?

Una vocecita en su cabeza respondió que ella era una impostora en lo relativo a los negocios y quizá por eso su padre seguía rechazando sus propuestas, aunque los conceptos básicos fueran buenas ideas. Nunca le habían interesado las finanzas, los beneficios, los presupuestos o el marketing, y su padre lo sabía. Joder, ni siquiera habría sabido cómo hacer todas las proyecciones que había incluido en su propuesta si no hubiera pedido ayuda. Daba igual cuántas veces le explicasen los informes financieros, seguía sin entenderlos. Quizá debería leer un libro o apuntarse a algún curso para aprender más sobre negocios, si es que su padre no la despedía inmediatamente al enterarse de lo que había hecho, claro.

Mientras tanto, agradecía mucho que Stacy la hubiera llamado y estaba segura de que la intuición de su amiga era correcta. Aunque ya no era el local estrella que un día fue,

The Mansion seguía atrayendo una cantidad respetable de negocios para fiestas y galas.

Stacy soltó un suspiro.

—Supongo que eso significa que no estás libre para tomar algo esta noche, ¿no?

—Lo siento. Ahora que me has dado la idea, quiero hacer las cuentas cuanto antes. ¿Puedo cambiarlo por un vale para mañana?

—Está bien, pero yo elijo el sitio.

Olivia no pudo evitar sonreír porque sabía que Stacy quería asegurarse de que no volvieran a The Tavern. A diferencia de ella, que siempre se quedaba con los lugares de confianza, a Stacy le encantaba probar restaurantes y bares nuevos.

—Vale, avísame de dónde.

Olivia colgó y se preguntó qué ocurriría si la intuición de Stacy era correcta. ¿Sería suficiente captar la atención de Adam con ingresos sólidos para compensar lo que había hecho? ¿Y para dejarla continuar en el proyecto?

Probablemente no. Aunque Adam siempre era cordial, Olivia estaba segura de que era duro como una piedra en cuanto a negocios se trataba. No tenía duda de que la vería como una enemiga en cuanto confesase. No. Era mejor dimitir que dejar que él pidiera su reemplazo.

Pero al menos el salón de baile y el de té tendrían la oportunidad de salvarse. Sonrió al pensar en los futuros visitantes que quedarían encantados con el salón de té, en todas las niñitas que disfrutarían esa sensación de estar en un castillo como hizo ella. Debería haber llamado antes a

Stacy, pero había estado tan preocupada por los diseños de Seth que no había pensado con claridad.

Si Stacy no se le hubiera adelantado, seguramente Olivia la habría llamado al día siguiente, después de su reunión con Adam, pero ya habría sido demasiado tarde. Había sido un golpe de suerte tremendo que Stacy la llamase esa noche y Olivia dejó escapar un suspiro de gratitud. Stacy no solo tenía siempre las mejores ideas, sino que siempre llegaba en el momento preciso.

* * *

Adam frunció el ceño al leer la propuesta de una tienda de ropa para alquilar uno de los espacios en el Plex, el complejo comercial que estaba construyendo en Houston. Wily Wear, una cadena económica y moderna dirigida a adolescentes, se estaba convirtiendo rápidamente en un nombre conocido.

Los dueños también lo sabían y estaban intentando negociar un alquiler más bajo. El porcentaje de las ventas que él recibiría compensaría con creces la rebaja del alquiler si eran buenas, pero eso era mucho suponer. A menudo, las marcas estaban en la cresta de la ola durante unos años y luego pasaban de moda cuando aparecía la siguiente novedad.

Tenía curiosidad, así que abrió su página web. La sección de ropa femenina parecía llena de camisetas llamativas y vestidos veraniegos, mientras que en la masculina todo eran camisetas estampadas con lo que seguramente eran referencias a algo, pero que él desconocía.

Cerró el navegador meneando la cabeza. Tantearía el terreno con sus empleados que tenían hijos adolescentes para que les pidieran opinión sobre la tienda. Normalmente le pedía esas cosas a su hermana, pero supuso que Martha no sabría nada sobre ropa para adolescentes. Pensar en su hermana le hizo sonreír. Hacía casi un mes que no la veía y aún más que no veía a su hermano, Doug. A lo mejor los invitaba a cenar la semana siguiente.

Estaba a punto de llamar a Martha cuando su intercomunicador pitó.

«Olivia Montgomery ha venido a verle», dijo Caitlin, su recepcionista.

A él le dio un vuelco el corazón antes de volver a la realidad. Solo porque hubiera disfrutado hablar con ella el día anterior no quería decir que hubiera ido a verlo por razones personales. Seguramente ya hubiera recibido los diseños del arquitecto y quería comentarlos con él. De cualquier manera, se alegraba de volver a verla. Pulsó rápidamente el botón de su teléfono.

—Déjala pasar. Gracias.

Unos minutos después, Olivia entró en su despacho. Llevaba una blusa blanca ajustada y una falda negra.

—Tengo los diseños de Axe —dijo, tendiéndole una carpeta.

Había venido por trabajo.

Hizo a un lado su decepción. Los diseños conceptuales debían ser muy buenos si había venido a traérselos en persona. Él se volcó inmediatamente en las representaciones. Los diseños eran aún mejores de lo que había esperado, tenían la combinación perfecta de clase y comodidad. Eran elegantes y modernos pero accesibles, absolutamente perfectos para incorporar The Mansion a este siglo.

Antes de que pudiera decirle a Olivia que contratase al estudio, ella tomó la palabra.

—Me temo que no he sido totalmente sincera contigo. —Señaló con la cabeza la propuesta que él tenía en la mano—. En realidad, los recibí ayer por la tarde, antes de la reunión. No los compartí contigo porque no quería destruir lo que construyó mi abuelo.

Él la miró sorprendido. Eso no se lo había esperado.

Por supuesto, sabía que su abuelo había construido The Mansion, pero no le había dedicado un segundo pensamiento al tema. El sentimentalismo no tenía lugar en su mundo y, en su experiencia, la gente que afirmaba estar motivada por él solo estaba esperando un trato mejor. Pero tenía la molesta sensación de que Olivia estaba siendo auténtica y a eso él no sabía cómo enfrentarse.

—Me voy a retirar del proyecto —continuó ella mientras le entregaba otra carpeta—. Estos eran mis planes para The Mansion. No se los he dado a nadie más del equipo, así que puedes usarlos como te plazca.

Él tomó la carpeta y la abrió con curiosidad. Era otro modelo empresarial como el que le había dado en su primera reunión, pero una versión extendida. Una vez más, le impresionó lo detallado que estaba todo. Tenía muchas ideas, desde contratar a un fabricante de jabón local para los artículos de aseo de las habitaciones a añadir salas de reuniones extra en el último piso.

—¿Lo has hecho todo tú? —le preguntó sin levantar la vista del informe.

—Digamos que llevo un tiempo pensándolo. —Ella vaciló antes de continuar—. Y espero que reconsideres lo de demoler los salones de baile y de té. He incluido los beneficios de ambos al final y, como puedes ver, aunque el índice de ocupación del hotel ha disminuido, los beneficios del salón de baile se mantuvieron constantes y los del salón de té aumentaron durante el mismo periodo.

Él miró los gráficos con curiosidad y vio que tenía razón.

—Me lo pensaré. —Haría que alguien revisase las cifras. Si ese era el caso, entonces hacer una reforma más leve sería pan comido. Y también más barato.

—Haré que Donovan Riley me sustituya como gestor de proyectos en Montgomery —continuó Olivia—. Es muy bueno y no tiene ninguna de las obsesiones personales sobre el hotel que tengo yo.

Adam suspiró y soltó la carpeta.

—Sabes que no insistiría con los cambios si no pensara que van a mejorar el hotel. Si te soy sincero, creo que el nombre de tu abuelo fue la única razón por la que al hotel le fue tan bien cuando abrió.

Si lo hubiera construido cualquier otra persona, todos los candelabros, los muebles dorados y la decoración exagerada se habrían considerado horteras y poco sofisticados. Pero, como lo había construido Elliott Montgomery, The Mansion se había convertido en un símbolo de estatus para los que tenían dinero y una forma de echar un vistazo a cómo vivían los del otro lado para aquellos que no podían. Y aún lo era, pensó él, si las cifras que le había dado Olivia eran una prueba. Por supuesto, él siempre había sabido que el salón de baile era un lugar popular, pero había pensado que tenía más que ver con el prestigio del hotel que con el diseño en sí de la estancia.

Si ponía sus opiniones en segundo plano y consideraba lo encariñada que estaba la gente con la visión original de Elliott, entonces tal vez convendría adoptar un enfoque más moderado en cuanto a las reformas del que había pensado en un inicio. Normalmente no le gustaba ceder, pero su instinto le decía que Olivia era una parte clave de ese proyecto y que su dedicación personal a The Mansion aseguraría el mantener los estándares más altos posibles.

Le costaría encontrar a alguien más decidido a que fuera todo un éxito que ella.

—¿Estarías dispuesta a seguir al mando si nuestro enfoque en cuanto a la reforma fuera más conservador? No puedo prometer nada, pero estoy dispuesto a considerar diferentes opciones.

—¿Me estás dando otra oportunidad? —preguntó ella, sorprendida.

Él asintió. Ella no había tenido necesidad de ser sincera, pero lo había hecho y él lo respetaba. También cambiaba la situación que la causa de su engaño fuera el amor hacia su abuelo y no una mala intención o el deseo de ver fracasar el proyecto. Después de esa conversación, esperaba que hubiese escarmentado.

—Siempre y cuando entiendas lo que es necesario hacer, y creo que lo entiendes —dijo él señalando sus planes.

Tenía algunas ideas muy buenas y viables cuando no pensaba exclusivamente en preservar el trabajo de su abuelo. Simplemente tendría que vigilarla de cerca. Si le daba la más mínima impresión de que estaba anteponiendo el recuerdo de su abuelo al futuro del hotel, la reemplazaría. Había invertido mucho en ese proyecto y no se podía permitir dejar que fracasase.

—Y, por favor, reenvíame todos los correos que intercambies con el arquitecto.

—Por supuesto. Muchas gracias, me encantaría continuar en el proyecto.

## CAPÍTULO CINCO

—Hola, Olivia. Es genial volver a trabajar contigo —le dijo Seth Tanner mientras le estrechaba la mano. El arquitecto se iba a reunir con el equipo para hablar sobre ideas específicas para el hotel antes de hacer diseños conceptuales más detallados.

Olivia sonrió de forma forzada.

—Gracias. Yo también me alegro de que volvamos a trabajar juntos —le mintió.

Aunque le gustaba Seth como persona, no tenía muchas ganas de todos los desacuerdos que tendrían durante los siguientes meses.

Aunque ya se había resignado a la magnitud de la reforma que quería Adam, seguía teniendo la intención de pelear para mantener ciertos aspectos del hotel de su abuelo, como el techo pintado del vestíbulo. Pero no exigiría demasiado. Su puesto en el proyecto ya peligraba y no quería hacer nada que hiciera a Adam arrepentirse de su decisión de mantenerla ahí.

—Vale, se nota que estás mintiendo —dijo el arquitecto soltándole la mano, y ella hizo un gesto de dolor.

—¿Cómo lo has notado?

Seth rio.

—La última vez que trabajamos juntos, no podías parar de alabar mi trabajo en cuanto lo viste. Sí, querías cambiar algunas cosas, pero ponías mis diseños por las nubes. A lo mejor es mi orgullo el que habla, pero esta vez no has dicho ni pío. ¿No te gustan los diseños?

—Sí que me gustan —respondió ella y se encogió de hombros—. Es solo que no estoy segura de que sean adecuados para The Mansion.

—Por tu abuelo —dijo Seth a sabiendas, y ella frunció el ceño.

—Yo no diría eso. —La afirmación sugería que solo quería preservar el diseño actual de The Mansion por sentimentalismo—. Me gusta de verdad la belleza clásica del hotel y esperaba algo más parecido a una restauración que a una reforma completa. —Apostaría a que mucha gente preferiría el diseño original. ¿Por qué si no se hospedaba tanta gente en el hotel cuando había otros más baratos y modernos cerca? —. Pero mi padre y Adam quieren demolerlo y partir de cero.

—Solo el interior —comentó Adam, entrando en la sala de reuniones seguido por Ricky—. Creo que el hotel tiene uno de los mejores exteriores de toda la ciudad. No lo habría comprado de no ser así —dijo, lo cual sorprendió a Olivia. Sabía que quería mantener la fachada exterior, pero no que le gustase tanto.

—Tú debes de ser Adam Campbell. —Seth se acercó y le tendió la mano—. Soy Seth Tanner.

—Encantado de conocerte. Me gusta mucho tu visión moderna del vestíbulo y estoy deseando trabajar contigo.

Olivia suspiró para sus adentros al recordar los planes de Seth para el vestíbulo. La reunión iba a ser un infierno.

—Ya que hablamos del tema, será mejor que empecemos.

* * *

—No me gusta la idea de tener una cocina abierta en el restaurante —dijo Adam. No creo que a los chefs les haga mucha gracia que la gente los vea trabajar; a mí no me gustaría.

—De acuerdo, no tenemos que ponerla ahí, entonces —respondió Seth, tachando con una X en el boceto y empezando a dibujar dentro—. Podemos dejar una disposición más tradicional con un bar conectado desde fuera.

—A mí me parece bien —intervino Olivia ante el silencio de Adam. Finalmente, él asintió.

Gracias a Dios. Las partes interesadas habían pasado la última hora negociando lo que podría o no estar en el diseño final. Habían tenido algunos momentos tensos, pero todos habían mantenido la calma. De momento.

—Bueno, esto es lo que tengo en mente para el salón de baile. —Seth buscó entre sus bocetos y sacó los correspondientes.

Olivia intentó no fruncir el ceño cuando los vio. Había

envuelto las preciosas columnas con paneles de madera, empaquetando sus curvas y eliminado los arcos que las conectaban. También había reemplazado el panel rectangular central del techo con un patrón repetido de paneles cuadrados por toda la habitación. Desde luego, así sería más fácil combinar el salón de baile con las salas de reuniones adyacentes si tenían que agrandar el espacio, pero odiaba que tuviera que ser a costa de la belleza de la sala.

Estaba a punto de recomendar que conservasen las columnas cuando Adam habló.

—¿Puedo ver tus ideas para el salón de té?

—Claro —dijo Seth sacando otros dos bocetos.

Olivia soltó un suspiro de alivio cuando vio que los cambios no eran tan significativos e integrales como los que había sugerido para el salón de baile. El diseño moderno parecía más un salón o un asador sencillo, pero al menos había conservado el techo de cristal y las vidrieras. La distribución estaba bien, pero el diseño no estaba a la altura. Quizá pudiera contratar a un diseñador de interiores a parte para trabajar en eso…

—Me gustaría ver menos cambios en ambos salones. ¿Podrías idear algo que conserve más de las características originales? —preguntó Adam tras otro silencio.

—Ah, ¿sí? —Olivia levantó la mirada, sorprendida.

La había aliviado tanto que él no le contase su engaño a su padre que no lo había presionado para que le diera una respuesta sobre el desglose de los beneficios de los salones de baile y de té que había hecho, pero parecía que estaba abierto a escuchar alternativas.

—Sí.

Seth rio.

—Claro que puedo, y sé que no voy a escuchar ninguna queja de esta parte —contestó señalando a Olivia—. Hablaré con mi equipo y os diré lo que se nos ocurre. Ahora, en cuanto al spa...

Aún sorprendida, Olivia le dio las gracias a Adam en un susurro y él asintió para indicar que la había oído.

Ella sabía que nada garantizaba que él fuera a escoger el concepto revisado de Seth y había una posibilidad muy grande de que los espacios se transformasen por completo, pero el hecho de que le hubiera pedido diseños alternativos a Seth era como una confirmación de que había más gente que apreciaba la belleza de The Mansion y no era solo el sentimentalismo por su parte lo que la hacía querer mantener las reformas al mínimo.

Puede que no fuera muy perspicaz para los negocios, pero siempre había tenido buen ojo para el diseño. Con la sensación de haberse quitado un peso de los hombros, se centró en el resto de las ideas de Seth.

# CAPÍTULO SEIS

Adam acababa de descargar los diseños actualizados para el salón de baile de The Mansion cuando sonó su teléfono. Leyó el nombre de Javier Montebello en la pantalla y respondió de inmediato.

—¿Cómo va todo por ahí? —preguntó Adam.

Javier estaba al cargo del complejo comercial que estaban construyendo en Houston y, mientras Adam estaba en Nueva York trabajando en The Mansion, le había pedido a Javier que le informase a diario de los avances.

—No muy bien. Landon se ha retirado.

—¿Qué? ¿Por qué?

El restaurante familiar era perfecto para el nuevo complejo. La gente podía relajarse y comer bien después de comprar o tomar algo rápido antes de entrar al cine. Los precios eran más bien moderados y, lo más importante, la comida era fresca y de buena calidad. De hecho, había sido Landon el que se había puesto en contacto con ellos para alquilar un local, ¿y ahora querían retirarse? ¿A qué estaban jugando exactamente?

—A Joe Landon le preocupa que tengamos problemas financieros. Están tan ansiosos por retirarse que incluso están dispuestos a pagar la penalización por la cancelación del contrato.

—Nuestras finanzas están aseguradas y aún faltan semanas para que abramos la primera fase. —No tenía sentido. ¿Quién se tomaba la molestia de conseguir todos los permisos para después cancelarlo justo antes de empezar la construcción? Adam frunció el ceño al recordar la advertencia de Jake sobre los rumores de insolvencia—. Ha oído algo, ¿verdad?

—Sí. Intenté tranquilizarlo, pero no había forma de que entrase en razón. La buena noticia es que Henry's Roadhouse está dispuesto a ocupar su lugar. —Pero tendrían que volver a solicitar los permisos, por no hablar de la alteración del diseño.

—¿Dijo dónde había oído el rumor? —preguntó Adam, aunque ya sabía la respuesta.

—No me dijo quién exactamente, solo que provenía de un familiar y por eso le daba tanta credibilidad. —Javier hizo una pausa y añadió—: Al principio no lo entendía, pero ahora veo por qué los odias tanto.

Y no sabía ni la mitad. Javier llevaba trabajando para Adam el tiempo suficiente como para ver la tensión familiar, pero no había presenciado ningún acto claro de sabotaje como ese.

¿Qué intentaban sus padres, arruinarle el negocio?

Adam era consciente de que debería estar agradecido de

tener ya otro arrendatario, pero en ese momento estaba muy cabreado. Había trabajado muy duro para conseguir que AC Developments tuviera el éxito que tenía y ahí estaban sus padres, intentando socavarlo.

Tiempo atrás, habría llamado a Joe Landon para intentar que se quedase tranquilo, pero ahora no iba a gastar saliva. Si Joe no quería trabajar con él, que no lo hiciese. No le iba a suplicar.

A sabiendas de que no era culpa de Javier, Adam suspiró.

—Vale, parece que tendremos que seguir adelante con Henry's Roadhouse. Mándame el contrato nuevo cuando esté listo. Gracias, Javier.

Adam terminó la llamada y se planteó llamar a su padre. No quería entrar en su juego, fuera el que fuera, iniciando el contacto, pero al mismo tiempo no podía permitirles seguir espantando a sus socios comerciales. Tenía suerte de que los rumores no hubieran frenado a Jake o a Victor y sabía que quizá en el futuro no fuera tan afortunado.

Estaba a punto de llamar a Edward Monroe, un detective privado al que a menudo había recurrido para conseguir información adicional para sus tratos comerciales, para que investigase los rumores cuando le sonó el teléfono. Le sorprendió ver la palabra «Papá» en la pantalla y se preguntó si lo estaría llamando para restregarle su éxito.

Era una locura pensar en cómo se había deteriorado la relación con sus padres. De niño, había sido el hijo perfecto. Sus padres siempre lo habían alabado y habían presumido de él cada vez que podían mientras se guardaban sus críticas e insultos para el otro y para sus hermanos. Pero, en cuanto Adam se mudó y, lo más importante, en cuanto se salió de su control, mamá y papá también dirigieron su veneno hacia él.

Adam no quería hablar con su padre, pero, al mismo tiempo, necesitaba saber a lo que se enfrentaba, así que cogió el teléfono. Hacía tiempo que había aprendido a no subestimar a Mitch Campbell.

—Quiero que paren los rumores —respondió sin preámbulos. Su padre era el rey de irse por las ramas y rara vez decía las cosas claras de entrada. Adam no tenía tiempo para eso, quería respuestas y las quería ya.

—Tu madre y yo estamos muy bien, gracias por preguntar.

¿Por qué hablaba de mamá como si se llevasen bien? A menos que estuvieran haciendo las rondas sociales, cuando fingían ser una pareja que se quería, apenas se aguantaban el uno al otro. Las únicas veces aparte de esa que se llevaban bien era cuando conspiraban juntos, lo cual solo aumentó su preocupación. ¿Qué se traían entre manos ahora?

—En serio, papá. Quiero que paren los rumores.

Si esa conversación no iba a ningún sitio, le pediría a Edward que investigase en profundidad las actividades de sus padres. Odiaba la idea de rebajarse a su nivel, pero necesitaba equilibrar la balanza para poder contraatacar cualquier nuevo rumor y reducir el riesgo para su empresa. No había solo dinero en juego, también tenía que pensar en sus empleados.

—No sé de qué estás hablando.

Adam sacudió la cabeza. Su padre nunca admitía cuando hacía las cosas mal, ni siquiera cuando tenía las pruebas delante de sus narices. ¿Por qué Adam se había esperado algo distinto?

—¿No puede un padre preocuparse por su hijo favorito sin segundas intenciones?

¿Su hijo favorito? Sí, ya. Eso quizá fuera cierto cuando era más joven. Sus padres habían controlado totalmente lo que estudiaba, a dónde iba, sus compañías… Como un tonto, él había pensado que solo estaban intentando hacer lo mejor para él y había obedecido sin rechistar. Pero ahora que había abierto los ojos a su verdadera naturaleza, su confianza en ellos se había destruido por completo.

—¿Qué quieres, papá? —¿Era ese rollo del hijo favorito la forma de su padre de disculparse o tenía planeado algo más siniestro?

—Nada, solo quería saber cómo estabas.

Claro, cómo no.

—¿Estás enfermo? —Igual se estaba muriendo y quería disculparse por todo lo que le habían hecho a Adam y a sus hermanos. Era poco probable, pero existía la posibilidad, aunque fuera diminuta, de que se arrepintiese.

—No.

Él frunció el ceño.

—¿Está mamá enferma?

—Nadie está enfermo, solo quería saludar. Deberíamos cenar un día de estos y…ponernos al día, ¿sabes?

El tono conciliador y ligeramente suplicante descolocó a Adam porque no le pegaba nada a su arrogante padre. Tras rechazar la invitación a cenar con la vaga excusa de estar muy ocupado, Adam finalizó la llamada y se pasó una mano por el pelo. ¿Qué estaba tramando su padre exactamente?

Tras pensarlo un poco, decidió llamar a la única persona que entendía a sus padres: su hermana. Martha tenía una relación sana con sus padres, aunque él sabía que tampoco era un camino de rosas. Para su madre, ella era el segundo objetivo favorito de sus críticas y su rabia (el primero era su padre), pero Martha nunca había dejado que su comportamiento la molestase, o al menos no había dado muestras de ello. Ella siempre había ignorado su crueldad y hecho gala de su autocontrol. En general, se le daba mucho mejor lidiar con sus padres que a él y a Doug, quien prácticamente dependía de mamá y papá para todo. Con suerte, ella podría arrojar algo de luz sobre esa extraña llamada.

Después, llamaría a Edward Monroe para pedirle que investigase. Adam se negaba a sentarse a esperar al siguiente movimiento de sus padres y a perder más clientes por culpa de rumores infundados.

# CAPÍTULO SIETE

—Y esta es mi propuesta para una habitación estándar —dijo Tina Henderson mientras les pasaba a Adam y Olivia unos documentos impresos del plano que había diseñado.

Como no había conectado con el estilo del diseño de interior que Seth había propuesto, Olivia se había puesto en contacto con Tina, la diseñadora que había trabajado en su hotel de Vancouver. Y, a juzgar por el plano, había tomado la decisión correcta.

Tina había usado el espacio extra en la habitación de invitados para crear una división entre las zonas para dormir y las de estar, creando así prácticamente otra habitación. Los huéspedes podían usar ese espacio para recibir amigos, como una mini oficina o incluso como su salón privado en el que disfrutar de una cena tranquila.

Olivia ya empezaba a verlo: un baño completo de mármol con bañera y ducha aparte, una habitación espaciosa y un salón con una preciosa vista del horizonte de

Manhattan. Sería perfecto para alguien en un viaje de negocios o una familia con niños.

Pero parecía que Adam tenía otras ideas.

—¿Es totalmente necesario separar el salón de la habitación? —preguntó.

Olivia lo miró con el ceño fruncido. Se había pasado toda la reunión de mal humor, sacándoles defectos a casi todas las ideas y hablando en un tono irritable y abrupto. Era casi como si se estuviera preparando para una pelea.

—Creo que sí —respondió Tina con cautela, como si tuviera la misma sensación—. La sala de estar adicional puede proveer a las familias de una zona de juegos para los niños y a los viajeros de negocios de una zona de trabajo en la que pueden separar trabajo y placer para que así su experiencia sea más agradable.

Adam no parecía convencido, pero no dijo nada y volvió a examinar los planos. Unos instantes más tarde, señaló el salón.

—¿Y otro candelabro? —preguntó haciendo un gesto hacia la imagen—. Es frívolo y un derroche poner un candelabro en el salón. Estamos intentando modernizar el hotel, no hacerlo más ostentoso.

¡Ya estaba bien! Adam podía portarse como un gilipollas con sus empleados si quería, pero no iba a tratar así a Tina.

—¿Puedo hablar contigo fuera? —preguntó Olivia con los dientes apretados mientras se ponía en pie.

Los oscuros ojos de Adam centellearon al mirarla antes de levantarse y seguirla.

Ella temblaba de la rabia. Su actitud estaba totalmente

fuera de lugar, sobre todo en esta reunión, que, como presentación inicial del diseño, su objetivo era recibir opiniones y refinar sus ideas generales.

No tenía derecho a ser maleducado solo porque no le gustasen los diseños de Tina. Olivia no tenía paciencia con la gente que pagaba sus frustraciones con los demás. Especialmente la gente que estaba en una posición de poder, como Adam. Para ella, la gente con autoridad tenía una responsabilidad aún mayor de comportarse con decencia y tratar a los demás con respeto.

Había llegado a admirar y respetar el estilo de trabajo de Adam. Siempre era firme y resuelto y, cuando algo estaba fuera de su área de especialización, delegaba en los expertos. Pero ¿después de su comportamiento de hoy y de la forma en la que estaba pagando su mal humor con Tina? La buena opinión que Olivia tenía de él había bajado hasta el subsuelo.

—¿A qué ha venido eso? —le preguntó ella en cuanto cerraron la puerta y estuvieron a una distancia prudencial.

—Teniendo en cuenta que ya hay candelabros en el vestíbulo y el restaurante, creo que tenemos que cortarnos un poco, ¿tú no? Como dije, estamos intentando modernizarlo.

—Yo soy la primera en admitir que a mi abuelo se le fue la mano con los candelabros, tanto en cantidad como en estilo, pero Tina lo ha mantenido al mínimo. Además, ya sabes que vamos a quitar casi todos los del vestíbulo. —Porque, independientemente de lo que Adam pensase, un candelabro bien elegido en el lugar apropiado le daba elegancia a un espacio. —Mi problema es contigo. Has sido demasiado crítico y, sinceramente, un incordio. —Su mezquindad le había tomado por sorpresa porque no solo había empezado a disfrutar trabajar con él, sino también a tener ganas de esas interacciones. Él tenía buenas ideas y normalmente era abierto de mente, pero no hoy—. No sé qué bicho te ha picado, pero, o cambias de actitud, o te vas.

Él la miró durante varios segundos y ella empezó a preguntarse si habría cometido un error crítico. Nunca le había hablado así a un cliente, pero le caía bien Tina y apreciaba la visión que había aportado a su trabajo. El comportamiento de Adam estaba totalmente injustificado.

Pero ¿se habría pasado de la raya?

Adam la había mantenido en el proyecto a pesar de su engaño con los diseños de Seth e incluso había accedido a refrescar un poco los salones de baile y de té en lugar de reformarlos por completo. ¿Cómo respondería a una regañina? Ella no imaginaba que fuera a tomárselo con calma.

Había empezado a sentir ansiedad en el estómago cuando los labios de Adam se curvaron en una sonrisa.

—¿Sabes qué? Estás bastante mona cuando te enfadas.

Lo inesperado del comentario la pilló por sorpresa. Después de actuar como un niño agresivo, ahora le venía con bromas.

—Sé un poco serio —le dijo al fin—. No puedes hablarle así a Tina. Al menos muestra un poco de respeto hacia su talento y creatividad. —Él se quedó en silencio y ella suspiró—. Si de verdad no te gustan los diseños, podemos buscar a otro diseñador de interiores. —Ella no estaba de acuerdo con sus críticas, pero lo menos que podía hacer después de todas las concesiones que él había hecho era contratar a otro diseñador.

—Dame un día o dos para pensarlo —respondió Adam tras otra larga pausa.

—Vale.

Ella se frotó la sien para intentar calmar la tensión. Parecía que esas consultas de diseño no se iban a acabar nunca. Y sí, parte de la razón era que habían cambiado algunos parámetros del resumen del diseño original, pero otro de los factores que contribuían era que había demasiadas personas sopesando en las presentaciones iniciales. Normalmente, un grupo más pequeño de personas veía los diseños originales, daba su opinión para refinar los conceptos y luego presentaba un diseño más cohesivo a los socios. Pero, al contrario que los clientes habituales de Montgomery, Adam estaba involucrado en todos los pasos.

—Sabes que no hace falta que vengas a todas las reuniones, ¿no? —le preguntó ella. Probablemente por eso estaba tan irritado, había demasiadas conversaciones. Estaban constantemente descartando ideas viejas e introduciendo otras nuevas. A menudo, incluso reconsideraban algunas que ya habían descartado.

En esas primeras etapas había muchos cambios y, a menos que entendieras el proceso, parecía que estabas andando en círculos. Sus clientes, generalmente, delegaban en el equipo de proyecto de Montgomery para esos pequeños detalles, ya que preferían ver los planes en etapas más avanzadas antes de dar su opinión. Después de todo, la experticia de Montgomery era una de las principales razones por las que los hoteleros los contrataban.

—Te prometo no tomar ninguna decisión importante sin tu aprobación —continuó Olivia, ya que suponía que Adam no se fiaba de ella, lo cual era justo. Ella tampoco lo haría si fuera él.

—Te agradezco la oferta, pero quiero estar involucrado en las etapas iniciales.

—Entonces espero que te comportes —respondió ella sin pensar, y Adam le dedicó una gran sonrisa.

—De acuerdo.

Su repentina simpatía le preocupó, pero lo único que podía hacer era esperar que se mantuviera así durante el resto de la reunión con Tina. Ella asintió con la cabeza antes de volver a la sala de reuniones.

—¿Qué os parece algo así? —preguntó Tina cuando Adam y Olivia entraron en la sala.

Adam cogió la tablet y el papel que les ofreció. La imagen del aparato mostraba una lámpara rectangular colgada por las esquinas y el plano, su posible disposición en la sala. La lámpara parecía encajar bien con el diseño de la sala y, aunque era difícil apreciarlo en la foto, las dimensiones parecían correctas para las proporciones del espacio.

—Habría suficiente luz sin ella si abrís las persianas durante el día —dijo Tina, pero no sería bastante por las noches ni durante el invierno. Tendríamos que poner luces auxiliares en otro sitio.

—Es mejor —dijo él pasándole a Olivia la tablet y la hoja de papel. Ya vería qué le parecía al día siguiente, cuando tuviera la cabeza más despejada.

—Pero creo que los candelabros les darían un buen toque a las suites de dos plantas —comentó Tina.

—Oh, y podríamos repetir el diseño rectangular en el vestíbulo. —Era obvio que a Olivia le gustaba la idea.

Adam las miraba mientras hablaban, dos mujeres que claramente se entendían la una a la otra a juzgar por el lenguaje corporal. Reprimió un suspiro. No había querido descargar su frustración con Tina y, de hecho, había pensado que estaba manteniendo sus emociones a raya.

Pero era evidente que el terrible humor que tenía desde que habló con su padre la noche anterior le había podido. Odiaba no saber qué estaban tramando sus padres. Era como si siempre estuviera esperando lo inevitable. Y, cuando más lo pensaba, más se frustraba.

Aún seguía desconcertado por el motivo de la llamada de su padre. ¿Por qué no le había restregado el impacto que esos rumores habían tenido en AC Developments? Y, además, ¿por qué su padre había fingido no saber nada sobre las mentiras? Si Adam no los conociera bien, habría pensado que sus padres estaban intentando congraciarse con él sugiriendo que cenasen juntos. Ni siquiera Martha se había creído que su padre quisiera ponerse al día con él y se había autoinvitado inmediatamente a la cena, fuera cuando fuera.

Adam esperaba de verdad no tener que ver a sus padres. A pesar de lo deteriorado de su relación, siempre había hecho lo posible por ser educado con ellos. Pero decir mentiras sobre él y amenazar su negocio era demasiado, especialmente cuando él no conocía su objetivo. Aun así, si había una cena, agradecería contar con el apoyo de Martha. Su presencia aseguraría que no hiciera ni dijera nada de lo que pudiera arrepentirse.

Se dio cuenta de que esos pensamientos lo estaban volviendo taciturno, así que se deshizo de ellos y se centró en lo que Olivia y Tina estaban diciendo. Estaban hablando sobre el tamaño de los baños de las habitaciones y cómo adaptar los elementos fijos para poder incluir una bañera y una ducha en cada uno de ellos. Cuando mencionaron los cabezales de ducha tipo lluvia y los body jets, se formó una imagen mental de Olivia envuelta en una nube de vapor y bajó la mirada hacia sus labios.

Ya había tenido unas ganas locas de besarla en el pasillo, y probablemente lo habría hecho de no ser porque estaban en mitad de la oficina. Estaba tan sexy cuando se enfadaba… Sus mejillas sonrojadas y la pasión de sus ojos lo hicieron quedarse mudo.

Teniendo en cuenta que era la hija de su nuevo socio de negocios, era bueno que no hubiera cedido a esas ganas. No quería hacer nada que enfadase a Victor o que hiciera que se retirase del trato.

Aun así, Adam no podía evitar preguntarse qué habría pasado si la hubiera besado. ¿Le habría seguido el juego o lo habría apartado con una mirada de ira en esos bonitos ojos suyos?

La atracción que había entre ambos no era producto de su imaginación y, cuanto más la conocía, más fuerte se volvía. No recordaba haberse sentido nunca tan atraído por nadie y el hecho de que ella tuviera las agallas para hablarle como nunca le habían hablado antes inmediatamente aumentó su interés y le hizo desearla aún más.

Como si pudiera escuchar sus pensamientos, Olivia lo miró. Él le guiñó un ojo y ella entrecerró los suyos antes de responder a Tina. De una forma en la que no quería ahondar mucho, su humor mejoró inmediatamente. Prefería mil veces pensar en Olivia que en el comportamiento cansino de sus padres. Tras tomar esa decisión, supo que iba a disfrutar el resto de la reunión.

—Gracias por contenerte ahí dentro —dijo Olivia una vez terminó la reunión y Tina se hubo marchado.

—Lo siento, llevo de mal humor desde que hablé con mi padre ayer. No debería haberlo pagado con nadie. —Pensaba disculparse con Tina la próxima vez que la viese.

—Al menos sé que no soy la única a la que le vuelven loca sus padres.

Si ella supiera… Victor era un santo comparado con su padre, aunque supuso que uno no podía fiarse de la faceta pública de nadie. Sus propios padres se esforzaban en aparentar que eran la pareja perfecta. Se sentaban en innumerables juntas de caridad y eran encantadores a más no poder, pero, en su vida privada, eran víboras.

—Cena conmigo —dijo él de repente. No sabía si era porque disfrutaba de su compañía o porque no quería seguir pensando en sus padres, pero tenía muchas ganas de salir con ella.

A ella le llevó un segundo asentir.

—Vale.

El sintió desvanecerse en su pecho una presión que no sabía que tenía.

—Genial, yo conduzco.

# CAPÍTULO OCHO

—Entonces, ¿quieres algo más parecido a los diseños de Seth en lugar de lo que ha traído hoy Tina? —preguntó Olivia mientras cortaba su chuletón.

Adam no pudo evitar sonreír. Era la primera vez que cenaba con una mujer que intentaba desviar la conversación a los negocios. Normalmente era al revés, las mujeres intentaban convertir las reuniones de negocios en algo más. Quizá fuera porque para Olivia no era un magnate inmobiliario ni un multimillonario como para las otras. Como la familia de ella era igual o más rica que la suya, para ella era un tío cualquiera. La idea era sorprendentemente liberadora.

—No, lo de Tina es mejor, sin duda. Les echaré un vistazo a sus diseños mañana y te diré mi decisión.

—Gracias.

Él asintió.

—¿Tienes algún otro proyecto en marcha? —le preguntó atacando su comida.

—Bueno… Espero abrir un hotel cerca de Yosemite —respondió ella tras unos segundos—. Creo que hay una gran oportunidad para hoteles de lujo en zonas donde las actividades al aire libre son el mayor atractivo. Todos los que existen están cerca de los mismos sitios, como Jackson Hole o el lago Tahoe, y normalmente están llenos con un año de antelación. Mi esperanza es poder llenar ese vacío. —Se encogió de hombros—. Solo porque a alguien le guste el senderismo o hacer kayak no quiere decir que no vaya a apreciar todas las comodidades que ofrece un hotel de lujo. De hecho, probablemente las valorarían más. Al final de un largo día, podrían darse un masaje en el spa o pasar una noche tranquila mientras disfrutan de las fantásticas vistas desde su balcón privado.

A Olivia se le iluminaron los ojos cuando empezó a hablar de cómo el hotel podría funcionar con reuniones familiares y retiros corporativos y él no pudo evitar sentirse fascinado. Siempre estaba preciosa, pero verla tan apasionada por sus planes la hacía aún más atractiva.

—Además de una zona de comida para llevar que venda bocadillos y cosas del estilo que la gente pueda llevarse para pasar el día, podríamos tener un restaurante con un menú rotativo. La mayoría de la gente no se aventura a ir muy lejos del hotel por las noches y quiero darles la opción de un menú de donde elegir además de los varios restaurantes.

Él nunca había pensado en el turismo cerca de parques nacionales, pero imaginaba que era un mercado desatendido por los hoteles de lujo. La mayoría de hoteles que había cerca de los parques eran de gama más bien baja en cuanto a comodidades y estaba seguro de que muchos huéspedes apreciarían tener otra opción.

Olivia bajó los hombros de repente.

—Por supuesto, mi padre no lo ha aprobado aún, pero tengo la sensación de que este va a ser el bueno.

—¿Ha rechazado tus ideas anteriores? —La idea era sorprendente. A juzgar por todas sus interacciones, ella parecía una experta en la industria hotelera (mucho más que él, desde luego) y, además, inteligente.

—Sí, aunque no todas eran así. Este es mi segundo intento de conseguir uno de esos hoteles para aventureros al aire libre. Antes, quería abrir hoteles dirigidos a jóvenes profesionales. Son el mercado que más rápido está creciendo en la industria hotelera ahora mismo.

—¿Te dijo el motivo de los rechazos?

—Sí, desde que el hotel no encajaba bien con la firma Montgomery hasta sobreestimar lo dispuesta que estaría la gente a pagar por un hotel de lujo. —Ella sonrió— Aunque sigo sin estar de acuerdo con mi padre en muchas de sus afirmaciones, admito que me pudo la emoción de querer dejar huella en la compañía y quizá mi entusiasmo fuera un poco prematuro. Pero he aprendido mucho desde ese primer rechazo y he incorporado mucho de lo aprendido a esta nueva propuesta.

Adam no pudo evitar pensar que él había salido ganando con ello. Si hubieran aprobado alguna de las propuestas de Olivia, no le habrían asignado The Mansion y él nunca la habría conocido. Independientemente de lo que pensase sobre ella y sus impedimentos, disfrutaba trabajando con ella.

—¿Alguna vez has pensado en volar en solitario? —¿Por qué se había quedado a pesar de los rechazos de su padre? Estaba seguro de que podría conseguir patrocinadores para llevar adelante sus proyectos, pero, en cambio, seguía soñando con presentar nuevas ideas.

—No quiero desligarme del negocio familiar, nunca lo he visto como una opción. Quiero hacer crecer Montgomery Hotels como lo hizo mi padre y creo que una pequeña cadena de estos hoteles es el camino a seguir. Mejoraría mucho nuestro catálogo y le daría a la gente que de otra forma nunca habría probado nuestros hoteles una idea de lo que hacemos. —Olivia sonrió—. Y así, con suerte, querrán probar con otra de nuestras propiedades en el futuro.

Verla tan optimista le llegó al corazón. Incluso tras haber sido rechazada, era muy alegre y hasta seguía con ganas de tener futuras oportunidades. Él nunca había sido tan optimista. Había buscado el éxito, sí, pero motivado principalmente por las ganas de demostrarles a sus padres que no los necesitaba. Olivia, en cambio, no parecía guardar ni un ápice de rencor por los rechazos de su padre. Su corazón era puro de una forma que él nunca había visto. Incluso cuando le mintió sobre los diseños del arquitecto, había sido pensando en su abuelo, no en ella.

Al recordar eso, pensó en antes, cuando ella se había ofrecido a ocuparse de los detalles e involucrarlo a él solo a la hora de tomar las decisiones importantes y supo que no podía arriesgarse.

Sí, Olivia tenía algunas ideas maravillosas para The Mansion y estaba haciendo un trabajo estupendo en general, pero su amor por su familia le impedía ver lo que el hotel realmente necesitaba. Aún recordaba sus dudas cuando vio los diseños conceptuales en su última reunión con Axe. Seguramente pensase que había disimulado bien, pero él había visto el pánico en sus ojos. Y, por eso, sabía que de ninguna manera podía dejarla a cargo del proceso de diseño por más nimias que fuesen las decisiones a tomar.

—¿Y tus hermanos? —preguntó él—. ¿También trabajan en la empresa?

—Solo tengo un hermano y decidió dedicarse al negocio familiar original y ser banquero. Nunca le gustó trabajar en el hotel.

—A ver si adivino, tu padre os obligaba a trabajar en el hotel.

Ella asintió.

—Todos los días, después de clases. Quería que aprendiésemos el negocio de arriba abajo igual que había hecho él. Hicimos de todo, desde limpiar habitaciones a gestionar reservas.

Él sonrió al imaginarse a una joven Olivia detrás del mostrador.

—Y te enamoraste del trabajo, supongo.

—No, lo odiaba con toda mi alma —respondió ella con tanta convicción que él se rio—. No me parecía justo que mis compañeros de clase pudieran ir de compras después del instituto mientras yo pringaba con tareas en el hotel.

—¿Qué cambió? —Porque estaba claro que ahora lo disfrutaba.

—¿Sinceramente? Nunca tuve intención de terminar en la industria hotelera. Estudié arquitectura en la universidad.

—¿En serio? Eso es muy diferente de los hoteles.

—Siempre me han intrigado los edificios y sus diseños. Son una parte fundamental de nuestras vidas y, sin embargo, una y otra vez, hay arquitectos increíbles que pueden partir de los elementos más básicos (paredes, aberturas, tejados, etc.) y convertirlos en algo completamente nuevo. Y hay algo precioso en el hecho de que varias generaciones disfruten del mismo edificio y se deleiten en los mismos espacios. Una vez empecé a estudiar más en profundidad, comencé a ver que una pared era más que una pared, que podíamos sobrepasar nuestros propios límites. Y eso… —Soltó una risita—. Perdona, a veces me vengo un poco arriba.

—No, me gusta esa perspectiva. Aunque la arquitectura juega un papel muy importante en lo que hago, nunca había pensado en las estructuras más allá de sus propósitos funcionales.

Verla tan apasionada le recordó a su abuelo y cómo este podía pasar horas hablando de diferentes químicos y cómo se le habían ocurrido los procesos y combinaciones perfectas para nuevos productos. Los dos rebosaban entusiasmo y no pudo evitar pensar que a su abuelo le habría encantado Olivia.

Adam dudaba que pudiera volver a mirar el diseño de alguno de sus complejos sin pensar en la voz entusiasmada de Olivia animándolo a ver un propósito mayor en lo que construía, aunque probablemente sus gestores pensarían que estaba loco si alguna vez se ponía a hablar del significado de un edificio más allá de su precio por metro cuadrado.

—Está claro que te encanta la arquitectura. ¿Por qué lo dejaste?

Pasó un momento en el que ella no parecía segura de su respuesta. Finalmente, dijo:

—Me las veía negras en Estudio Arquitectónico, y desafortunadamente era la asignatura más importante. —Se encogió de hombros—. Por mucho que trabajase en mis diseños, apenas aprobaba. Cuando llevaba tres años de carrera, a mi padre le dio un ataque al corazón y mis padres me pidieron que ayudase en la oficina. Como el ataque fue a causa del estrés, los médicos dijeron que papá no podía volver al trabajo enseguida y mamá los apoyó. Por supuesto, a papá no le hizo ninguna gracia, pero mamá sabía que se quedaría más tranquilo si Robert o yo estuviéramos en la oficina para controlar todo y mantenerle informado de lo que pasaba. Por entonces, la idea de pasar dos años más cursando Estudio Arquitectónico me parecía una tortura, así que aproveché la oportunidad de tomarme un descanso. Me dije a mí misma que volvería a la universidad cuando papá se recuperase, pero nunca lo hice.

—¿Te planteas volver?

—A veces, pero no veo cómo podría encajar con mi trabajo en Montgomery. Me encanta trabajar en la empresa, pero, al mismo tiempo, no me veo siendo tan buena arquitecta como Seth, por ejemplo. Y tengo el suficiente orgullo como para no querer ser nada menos que la mejor. —Se rio —. Tiene gracia. De adolescente, hice todo lo posible para sacar las mejores notas y así no tener que trabajar en Montgomery y ahora me encanta.

Adam rio.

—Es comprensible, ya que tus primeros trabajos para el hotel eran básicamente tareas de limpieza.

Ella asintió.

—¿Y tú? ¿Nunca pensaste en unirte a Dannier? —le preguntó ella refiriéndose a la empresa de cosméticos que había fundado su abuelo.

—Casi toda mi vida —respondió él. Ella parpadeó sorprendida y él se rio. Sabía lo que estaba pensando. Ahora estaba haciendo todo lo contrario—. Incluso quería hacer la carrera de química para entender mejor los productos —confesó—. Siempre me encantó ver las máquinas en la fábrica, pero algo hizo «clic» en mi interior la primera vez que mi abuelo me llevó a su laboratorio y supe que era eso lo que quería hacer. Pero mi padre tenía otros planes, quería que estudiase empresariales. —A veces, Adam seguía sin poder creer los extremos a los que llegó su padre para obligarle a hacer lo que él quería. Y su madre era igual—. Con el tiempo, me di cuenta de que no podía trabajar con él.

Incluso si su padre no fuera un mentiroso, Adam sabía que nunca habrían podido trabajar juntos mucho tiempo. A los diecisiete años, le propuso a su padre lanzar una línea de productos de cuidado para hombres. Sabía que había hombres que compraban sus productos, pero a menudo les producía vergüenza porque su crema era conocida como un producto femenino. Papá dijo que la idea era interesante, pero la rechazó con la excusa de que los hombres podían comprar su crema en la página web. Ni siquiera dedicó un segundo pensamiento a todos los productos adicionales que podrían haber creado.

Adam nunca habría tenido la paciencia de Olivia para quedarse en la empresa tras ser rechazado en múltiples ocasiones, pero a veces se preguntaba qué habría pasado si lo hubiera hecho. ¿Habría terminado por convencer a su padre de lanzar una línea masculina, aunque solo fuera una loción para después del afeitado? ¿Y habría dado pie ese producto a una línea entera con el tiempo?

—Debió de ser muy duro —dijo Olivia—, pero supongo que es mejor que te dieras cuenta más pronto que tarde y salvases esa relación. Y te has hecho un nombre en el ámbito inmobiliario. Estoy segura de que tus padres deben estar orgullosos.

Ojalá fuera así.

—En realidad, siguen enfadados conmigo por haber seguido mi propio camino —respondió él sin pensarlo—. Como soy el primogénito, pensaban que era mi deber relevarlos en algún momento.

—¿Cuánto hace que lo dejaste y fundaste AC Developments?

—Unos doce años.

Ella abrió mucho los ojos.

—¿Doce años y aún no han superado que te fueras?

Él se encogió de hombros.

—Tienen buena memoria.

—Pero es una locura. ¿Y tus hermanos? ¿Trabajan en la empresa?

—No. A mi hermana le encanta su trabajo como abogada de propiedad intelectual y mi hermano no tiene exactamente la disciplina necesaria para trabajar. Pero, con suerte, asumirán un papel más activo con el tiempo y se unirán a la junta directiva. —Porque, independientemente de lo que ocurriese entre él y sus padres, Adam quería que Dannier se quedase bajo el control de su familia. Era su legado.

Olivia frunció el ceño y él no pudo evitar pensar en lo diferente que había sido su experiencia. Al contrario que ella, él vivía por y para los días que su abuelo lo llevaba a la fábrica y, cuando se hizo mayor, su mayor aspiración era trabajar en el negocio familiar. Ahora, ni siquiera hablaba con sus padres a menos que fuera necesario.

—¿Cómo te metiste en el desarrollo urbanístico? —preguntó ella, rompiendo el silencio—. Es un campo muy diferente a la investigación química.

Él se rio.

—En ese momento, solo quería ganar mi propio dinero para poder ser independiente cuanto antes. Si hubiera seguido con la idea de la investigación química, habría tenido que graduarme en la universidad antes de poder encontrar trabajo, o eso o crear mi propio negocio. Y, como no tenía ninguna idea brillante para un nuevo producto, pensé en el mercado inmobiliario. Por entonces me pareció una idea a prueba de balas. No me di cuenta hasta más tarde de todas las formas en las que había podido fracasar.

Especialmente teniendo en cuenta que no tenía ni idea de lo que estaba haciendo ni ninguna experiencia en la construcción. Sí, vale, había investigado mucho, pero de la teoría a la práctica siempre había un gran salto.

—¡Ya me imagino! Pero ¿por qué Texas? ¿Tienes familia allí?

—No, no tengo ningún pariente. —Lo había tenido que

hacer todo él solo—. Estoy seguro de que has leído esos artículos sobre el auge de la economía en Texas y cómo un montón de negocios se han trasladado allí. Y, como la gente sigue a los negocios, pensé que cualquier comunidad residencial o complejo comercial en el lugar adecuado sería un éxito. Hice un mapa de las urbanizaciones que sabía que estaban en proceso y volé a Dallas. Una vez allí, conduje por ahí para ver qué oportunidades podía encontrar. Después, fui a Austin e hice lo mismo. Al final, compré los derechos de construcción de un terreno grande justo a las afueras de Houston con el dinero que mi abuelo me había dejado y empecé con un pequeño complejo de veinte viviendas y un centro comercial de cinco pisos.

Tuvo mucha suerte al encontrar a un arquitecto maravilloso desde el principio, pero su elección en empresas de construcción había sido mediocre. Cuando encontró una que tenía experiencia y un precio razonable, se felicitó, pero ellos subcontrataron el trabajo a un equipo poco fiable. Después de que no cumplieran algunos plazos, Adam voló hasta Texas para supervisar él mismo el proyecto e incluso hizo inspecciones dos veces al día con el arquitecto para asegurarse de que todo iba según lo planeado. Ahora tenía al equipo de sus sueños, pero le había costado un gran proceso de aprendizaje.

—Conseguimos arrendatarios para el centro comercial casi nada más iniciar la construcción y vendimos todas las casas incluso antes de poder sacar una maqueta. Hubo un pequeño retraso en la construcción, pero, por suerte, no perdimos ningún arrendatario o comprador. Las ganancias se destinaron a construir una extensión para la urbanización.

—¡Y te ha ido de maravilla en tan poco tiempo!

—Fui increíblemente afortunado de que mi abuelo me dejase un fondo de inversiones, y aún más de que no me hiciera esperar para acceder al dinero. —Gracias a eso, Adam había podido expandirse por su cuenta sin la ayuda de sus padres.

Olivia se rio.

—Ese dinero podría haberte costeado una vida de lujo y tú lo arriesgaste todo.

—Podría decir lo mismo de ti. Estoy seguro de que también tienes bastante para toda una vida, y aun así has elegido trabajar.

Ella arrugó la nariz.

—Deficiencia de carácter. Nunca he sido muy lista. ¿Cuál es tu excusa?

Él sonrió y se encogió de hombros.

—Siempre supe que no quería ser uno de esos ricachones que no hacen nada. —Quería algo más que la vida ociosa que habían elegido muchos de sus antiguos compañeros de clase. El hecho de que sus padres habían esperado su fracaso solo reforzó su decisión de hacer algo más con su vida—. Mi abuelo fue un hombre que se hizo a sí mismo y verlo trabajar, los productos que creaba y las oportunidades que daba a sus empleados, me hicieron querer hacer algo similar. Tenía compañeros de clase cuyas familias dependían únicamente de las inversiones para tener ingresos y yo pensaba que era una locura vivir así. No hacían nada y aun así ganaban más dinero que los empleados de mi abuelo, que trabajaban tanto. Aunque mi abuelo nunca me dijo cómo debía usar el dinero, supe que se habría sentido decepcionado si hubiera elegido vivir de él en lugar de hacer algo con mi vida.

Cuando terminó de hablar, Adam se sorprendió de lo mucho que había dicho. Nunca se había abierto con nadie tanto como con ella, sobre todo en cuanto a trabajo y dinero. Siempre había medido sus palabras, pero tenía la corazonada de que ella se había sentido igual.

—¿Y tú qué? —le preguntó—. Y no digas que es una deficiencia de carácter.

Ella rio y asintió.

—Mi padre. Nos grabó a fuego a mi hermano y a mí lo afortunados que éramos. Siempre nos decía la suerte que teníamos de poder comer lo que quisiéramos y comprar esto y aquello y que no deberíamos quejarnos de tener que trabajar en el hotel. —Él esbozó una sonrisa y ella continuó —. Y creo que crecer trabajando en el hotel hizo que el trabajo pareciera algo natural. Pero, cuando me hice mayor, me di cuenta de que era una bendición tener tantas oportunidades increíbles y supe que no podía desperdiciarlas.

Adam no podía evitar admirar su ética de trabajo. Podía imaginarse perfectamente a alguien como ella, a la que habían obligado a trabajar desde muy joven, aprovechando la primera oportunidad que se le presentase para no trabajar y tomarse un descanso al fin. Pero no Olivia. No solo quería ganarse su propio lugar en el mundo, también quería marcar la diferencia al igual que él. No pensaba que fuera a conocer nunca a una mujer como ella y le gustaría que hubiera sido en otras circunstancias, lo cual probaba lo loco que lo volvía.

Ella estaba haciendo un trabajo increíble en The Mansion y, mientras, él pensaba en lo genial que podría haber sido todo si no trabajasen juntos. Negó con la cabeza internamente. Los negocios siempre habían sido su mayor prioridad, pero Olivia estaba destrozando su concentración.

Debería estar feliz de tener a alguien como ella en su equipo y contentarse con verla solo en ambientes profesionales, pero se sorprendió a sí mismo preguntándose si el día siguiente sería demasiado pronto para invitarla a otra «cena de negocios».

* * *

—Gracias por la cena —dijo Olivia cuando Adam aparcó junto a su coche.

—¿Qué tal si me lo agradeces con otra cena mañana por la noche? —preguntó él, haciéndola reír.

A ella le encantaría salir con él en una cita de verdad, pero sabía que tenía que estar bromeando. Era imposible que él hubiera disfrutado de la noche, ya que no había parado de hablar sobre ella misma. Pero estaba siendo encantador y ligón, como siempre.

No sabía qué le pasaba. Debería haber usado la cena para impresionarlo con sus ideas para la reforma, pero, en lugar de eso, le había hablado sobre sus problemas en la universidad y sus propuestas rechazadas.

Era tan fácil hablar con él que se había olvidado de su propósito. Él había parecido genuinamente interesado y le había hecho unas preguntas para reflexionar que la habían hecho abrirse como nunca antes. Había algo en él, quizá en la forma en la que la miraba, como si viera su auténtica personalidad, que la habían hecho sentirse como si fueran las dos únicas personas en la habitación. No había querido que la cena terminase.

Le había resultado muy fácil olvidar que se trataba de un cliente y no alguien a quien conocía de toda la vida. Y eso era peligroso, porque podía enamorarse de él de verdad. Si era completamente sincera, ya lo estaba un poco.

Lo que él había conseguido en los negocios era de admirar y ella tenía la sensación de que se preocupaba de verdad por sus empleados. Pero daba igual lo que hubiera sentido esa noche, él era un cliente. No podía pasar nada entre ellos, así que tendría que tener cuidado y asegurarse de mantener a raya su atracción y su boca.

Deseosa de llevar la conversación al ámbito de los negocios, se pasó un mechón de pelo detrás de la oreja y dijo:

—Avísame de lo que decidas respecto al diseño del interior.

—Lo haré —respondió él antes de colocar su mano sobre la mejilla de Olivia y besarla.

Sus labios eran inesperadamente suaves y ella le devolvió el beso. La invadió una oleada de placer cuando la lengua de Adam se deslizó sobre la suya y el beso se volvió más profundo. Se terminó demasiado pronto y ella se aguantó las ganas de bajarle la cabeza para seguir.

«Vale, entonces lo de cenar mañana no era una broma».

Sintió calidez al darse cuenta de que él había disfrutado de su compañía antes de volver a la realidad. Aunque su padre había jugado con la idea de emparejarla con Adam, ella sabía que solo era una broma. En realidad, cualquier relación entre ella y Adam sería del todo inapropiada, y ella nunca haría nada que afectase negativamente a Montgomery a propósito. El hecho de que su padre nunca le hubiera prohibido explícitamente mezclar los negocios con el placer solo reforzó su decisión. Su padre había confiado en que ella haría lo correcto, no podía pagárselo traicionando esa confianza.

Además, ya era suficientemente difícil ser objetiva en lo relativo a The Mansion. Liarse con Adam complicaría las cosas de forma innecesaria, especialmente teniendo en cuenta las dificultades que estaban teniendo con el diseño. Aun así, no podía evitar desear que todo fuera diferente. No recordaba la última vez que había conectado tanto con alguien.

La recorrió un escalofrío cuando levantó la mirada y vio la expresión en los ojos de Adam. Era como si estuvieran ardiendo.

—No deberíamos haber hecho eso —dijo cuando al fin encontró su voz. Aun así, sabía que iba a pasarse la noche reviviendo ese beso.

Él asintió mientras la miraba.

—Probablemente no, pero no me importaría volver a hacerlo.

Ni a ella tampoco, ese era el problema. Con él sentía una conexión que nunca antes había sentido con nadie y, por eso, estaba tentada de dejar el sentido común a un lado. Pero no podía permitirse cometer más errores. Ya la había cagado al retrasar los conceptos de Seth y necesitaba demostrarse a sí misma que podía encargarse del proyecto.

—Pero no deberíamos —le respondió—. Dudo que ninguno de los dos nos sintiésemos cómodo viéndonos cuando todo acabase, pero tendríamos que hacerlo por trabajo.

Adam era un socio muy activo y eso era la receta para el desastre. Los acuerdos se volverían mucho más difíciles de dirigir y ella no quería hacer nada que pusiera en riesgo el acuerdo de The Mansion o su puesto en el mismo. Por muy amigable que fuera la ruptura, seguiría siendo incómodo.

Adam suspiró reclinándose en su asiento y se pasó una mano por la cara.

—Vale. Lo entiendo.

La decepcionó lo rápido que él lo había aceptado y se reprendió a sí misma. No es que quisiera que se lo discutiese, ¿no? Una oportunidad como esa solo aparecía una vez en la vida. No iba a estropear las cosas, independientemente de lo bien que besase Adam o de la conexión que había sentido con él esa noche.

# CAPÍTULO NUEVE

Nunca debería haber besado a Olivia.

Adam suspiró mientras se dirigía a su despacho el jueves por la mañana. Ella había dicho que la situación se volvería rara si salían juntos y después rompían, pero las cosas ya eran incómodas entre ellos sin necesidad de salir juntos. Ella apenas había podido mirarlo a la cara en la reunión del día anterior y, francamente, a él no le había resultado más fácil. Cuando no había estado mirándole los labios, no había levantado la vista de su bloc de notas, intentando no recordar lo dulce que sabía.

Antes de que las cosas se pusieran peor, había decidido llevarle una ofrenda de paz con la esperanza de reconducir su relación a un ámbito amistoso pero profesional. Simplemente no se podía permitir otro desastre como el del día anterior. Olivia, normalmente habladora y con las ideas claras, apenas había dicho palabra, y él había estado tan distraído que la reunión había sido bastante poco productiva. Si los miembros de sus equipos no hubieran guiado las conversaciones, no habrían conseguido hacer nada.

Aunque no le gustase, sabía que Olivia había tomado la decisión adecuada. Convertir una relación de negocios en algo más siempre era complicado y él siempre lo había evitado por esa razón, por no mencionar que ambos tenían opiniones muy distintas sobre cómo enfocar las reformas. Probablemente siempre estarían cuestionándose o preguntándose si se estaban utilizando el uno al otro.

Era una auténtica pena.

Le habría encantado tener la oportunidad de conocerla mejor, pero había demasiado en juego en ese proyecto como para estropearlo con una aventura. Con suerte, esa visita suavizaría la incomodidad entre ellos. Había llamado a la recepcionista para preguntar si había algún dulce que a Olivia le gustase especialmente, y ahí estaba él con una tarta de su pastelería favorita.

Su abuelo siempre le había dicho que un pequeño detalle podía ser muy útil a la hora de ablandar a alguien. A menudo, el abuelo perdía la noción del tiempo cuando estaba experimentando en el laboratorio y no llegaba a casa hasta la mañana siguiente. Para compensárselo a la abuela, entraba en cualquier tienda que estuviera abierta a comprar un ramo de flores o algún pastel. La abuela ya estaba más que acostumbrada a sus olvidos, pero la ponía contenta que él pensara en ella lo suficiente como para llevarle un regalo de disculpa.

Rezando para que el consejo de su abuelo funcionase con Olivia, Adam llamó a la puerta abierta. Ella levantó la mirada del documento que estaba escribiendo y se quedó congelada.

—Hola —dijo ella, tensa, y él no pudo evitar echar de menos la naturalidad entre ellos. Probablemente era mucho pedir que todo volviera a ser como antes del beso y le sorprendió la sensación de pérdida.

Una parte de él deseaba no haberla besado nunca. No solo había arriesgado una relación de negocios, sino probablemente también una amistad. Había encontrado un espíritu afín en ella y odiaba que ahora no se sintiera cómoda en su presencia. Pero otra parte de él sabía que, si no lo hubiera intentado, se habría arrepentido siempre. A pesar de sus preocupaciones sobre cómo podría afectar a su trabajo, él seguía dispuesto a arriesgarse a empezar una relación con ella. Si ella quisiera… Pero ya había tomado su decisión y él la respetaba.

—Hola, Olivia. Solo quería traerte esta tarta —dijo él mientras se acercaba.

Ella aceptó la caja con mirada de sorpresa.

—Gracias. Me encanta Dawn's.

Cuando puso a un lado los documentos en los que había estado trabajando para hacer sitio para la tarta, él bajó la mirada y vio un boceto. Parecía un vestíbulo, pero con toques rústicos, como de cabaña. Estaba claro que no era The Mansion.

—¿Es tu hotel de Yosemite?

Ella se quedó quieta y sus mejillas se tornaron de un color rosa adorable.

—Sí. Aunque mi padre aún no lo ha aprobado, me gusta pensar en él e intentar solucionar algunos de los fallos.

—Tiene buena pinta.

La chimenea de piedra y la paleta de tonos tierra creaban un espacio encantador y atrayente. Se podía imaginar perfectamente acomodándose en una de las sillas de cuero con una bebida caliente en la mano. Estuvo tentado de bromear con ella sobre la facultad de arquitectura, pero se contuvo. Hacerlo reflejaría una familiaridad, una intimidad entre ellos, que era mejor no tocar. Había ido hasta allí con la esperanza de resucitar su relación profesional, no de empeorarla.

Él señaló la silla que había frente al escritorio.

—¿Puedo sentarme?

Ella asintió y él se sentó. Adam suspiró mientras se pasaba una mano por el muslo.

—Quería aclarar las cosas y decir que no te guardo rencor.

Los ojos de ella reflejaron diversión.

—Sería feo por tu parte si fuera así. Estamos trabajando en un proyecto muy importante y no podemos permitirnos tener ninguna distracción. —La mezcla entre seriedad y alegría, tan similar a su propia personalidad, le recordó por qué se sentía tan atraído hacia ella—. Creo que la reunión de ayer nos dio un poco de perspectiva sobre cómo habrían sido las cosas.

—Precisamente por eso he venido hoy. Lo de ayer fue horrible.

Ella hizo un gesto de dolor.

—Lo sé, y lo siento. Este proyecto merece toda mi atención y ayer no se la di.

—No tienes por qué disculparte. Yo no lo llevé mucho mejor y estoy empezando a ver lo acertado de tu decisión.

—Ya le costaba concentrarse y solamente la había besado. Se podía imaginar lo inútil que sería en una reunión si alguna vez hacían algo más que besarse—. Me he estado rompiendo la cabeza pensando en cómo deberíamos seguir adelante y lo único que se me ocurrió fue comprarte una tarta para salir de un posible punto muerto.

—Lo cual agradezco mucho —dijo ella con una sonrisa.

—¿Alguna idea sobre cómo deberíamos proceder? —Aunque nunca pudiera haber nada entre ellos, seguía queriendo a la Olivia a la que no le daba miedo plantarle cara o decirle que bajara los humos.

—Bueno, espero que la incomodidad se pase con el tiempo. Quizá lo que complicó tanto las cosas fue que era la primera vez que nos veíamos después del beso. Parece que ahora lo estamos haciendo mejor. Oye, qué te parece esto: podemos comernos la tarta mientras repasamos las cosas de las que deberíamos haber hablado ayer de no haber estado tan distraídos.

—¿Yo te distraigo? —Adam sintió calor en el pecho al pensarlo.

—Sabes que sí.

—Ya, pero quería oírtelo decir.

Ella rio.

—En fin, mientras revisaba las notas que tenía pensado mandarle a Tina se me ocurrieron algunas ideas. Iba a mandarle un correo a Ricky más tarde, pero podríamos hacerlo ahora.

A Adam le llenó de alivio comprobar que ella estaba dispuesta a ignorar la incomodidad entre ellos. Le preocupaba haber cometido un error que no tuviera solución.

—Me parece bien.

—Genial, voy a por las ilustraciones y los utensilios.

* * *

Olivia caminó por el familiar restaurante admirando su mezcla única de artesanía americana y arquitectura moderna. Con sus luces cálidas y sus molduras sencillas, The Tavern desprendía una comodidad elegante con la que pocos restaurantes podían competir.

Aún era temprano, así que no había mucha gente, pero por experiencia sabía que para cuando Stacy y ella se fueran todas las mesas estarían ocupadas. Stacy la había llamado antes para preguntarle si estaba libre para cenar. Teniendo en cuenta lo ocupada que había estado trabajando, Olivia se alegraba de tener la oportunidad de desconectar un poco.

Encontró a su amiga en su mesa de siempre, a un lado del restaurante y alejada del comedor principal.

—¡Hola, Stacy! —dijo acercándose.

—¡Livie! —Stacy sonrió mientras dejaba el móvil y se levantaba para abrazarla.

Olivia se acordó de Pete, el guardaespaldas de Stacy, y miró hacia su sitio, dos mesas más allá. Lo saludó con la cabeza. El guardaespaldas era un recordatorio constante de cómo habían secuestrado a Stacy a cambio de un rescate cuando eran más jóvenes. Una vez la devolvieron sana y salva, sus padres nunca volvieron a dejarla salir sin protección. Al recordar esos momentos tan angustiosos, Olivia la abrazó más fuerte antes de soltarla.

—¿Estamos celebrando algo? —preguntó Olivia mientras se sentaba.

—No, pero, ahora que me acuerdo, la gran inauguración de nuestro centro comunitario en Trenton es el sábado que viene.

—Oh, estoy deseando ver cómo ha quedado todo. —La última vez que visitó el lugar aún estaban poniendo las vigas.

—Mira, te voy a enseñar las fotos. —Stacy cogió su teléfono y abrió la galería de fotos—. Gracias otra vez por tu ayuda con el diseño —dijo tendiéndole el móvil a Olivia.

—No fue nada.

Una noche, mientras cenaban, Stacy le había hablado de su visión para el refugio. Olivia empezó a hacer un boceto en una servilleta y, para cuando terminó la cena, tenía el bolso lleno de servilletas y la cabeza llena de diseños.

Durante las semanas siguientes, trabajaron juntas en los conceptos e incluso visitaron otros centros para ver qué era necesario y qué se podía mejorar.

Olivia pasó las fotos con la boca abierta. Ver sus diseños cobrar vida era una sensación increíble. Vale, ella había hecho sugerencias y había dado ideas en reformas de hoteles, pero eran solo eso, sugerencias. No era como este centro comunitario en el que la biblioteca tenía una entrada aparte en la parte trasera y la zona de juegos de los niños estaba junto al comedor porque ella la había puesto ahí. Había disfrutado mucho el reto de hacer algo distinto y estaba contenta de ver que su trabajo había dado sus frutos. El centro era increíble.

—No, nada no —dijo Stacy—. Además de ahorrarnos un montón de dinero, no creo que nadie hubiera tenido tanta paciencia conmigo.

Olivia se rio.

—Ayudaría que dejases de depender de los voluntarios.

A Stacy se le daba de maravilla hacer que la gente donase su dinero, pero amortizaba cada dólar al máximo. Según ella, cada dólar que guardasen era uno más que podían usar para comprar comida o ropa. El problema era que su sustento eran los voluntarios y muchos de ellos tenían otras prioridades.

—¡Ya, ya lo sé! Esta vez contraté a un arquitecto y a una empresa de construcción, ¿no?

—Porque esta vez no había ningún edificio, literalmente —respondió Olivia secamente.

La organización benéfica con la que trabajaba Stacy normalmente renovaba edificios ya existentes para adaptarlos a sus necesidades. Pero, esta vez, alguien había donado un terreno vacío y, en lugar de venderlo, la junta había decidido construir un centro comunitario.

—Sí que lo hiciste —dijo Olivia con una sonrisa—. Aún no me puedo creer que Megan Carlyle ofreciera voluntariamente los servicios de su sobrino para ese centro en Queens sin preguntarle a él antes.

Una cosa era hacer algunos trabajillos de fontanería y otra tirar paredes y construir una cocina de tamaño comercial.

—Yo intenté negarme, pero fue muy persistente. En fin, espero que haya aprendido la...

—Buenas noches, señorita Montgomery. Me alegro de volver a verla. —Derek, su camarero, las interrumpió y le sirvió a Olivia una copa de vino.

Olivia le dio las gracias y se volvió hacia Stacy.

—¿Ya sabes qué vas a pedir? —Aunque Olivia no había llegado tarde, no quería hacer esperar más a su amiga.

Stacy asintió.

—Derek me ha recomendado el pargo.

—Pues que sean dos —dijo Olivia entregándole la carta a Derek.

Cuando el camarero se fue, Stacy le preguntó:

—¿Y cómo te va a ti? ¿Te está poniendo las cosas difíciles Adam Campbell?

Olivia hizo una mueca de dolor al recordar todas las cosas malas que había dicho sobre Adam cuando le asignaron el proyecto.

—No es tan malo como pensaba —admitió—. Ya sabes que accedió a restaurar los salones de té y de baile después de enseñarle las cifras que tú me recomendaste. Desde entonces, hemos tenido algunas diferencias de opiniones y siempre me sorprende lo dispuesto que está a escuchar. Mucho más que yo, aunque estoy haciendo lo posible por cambiar eso. En general, es un socio de negocios estupendo.

Pasó un momento y Stacy dijo:

—Madre mía, te gusta.

Olivia estaba a punto de negarlo, pero recordó que estaba hablando con Stacy. Su mejor amiga nunca traicionaría su confianza.

—Sí —admitió—. Creo que empecé a pillarme por él cuando accedió a conservar el salón de té. No tenía por qué hacerlo, y menos considerando cómo me había comportado antes. Y, aun así, lo hizo. —Sacudió la cabeza con suavidad—. No sé cómo vamos a poder trabajar juntos. Todo ha sido muy raro desde el beso.

Stacy levantó las cejas.

—¿Eso fue antes o después de que accediera a conservar el salón de té?

Olivia se sonrojó.

—Después. Salimos a cenar hace unas semanas y me besó cuando me dejó junto a mi coche.

Aún sentía escalofríos cuando pensaba en todos los detalles personales que había revelado esa noche. Sus sentimientos hacia él habían despertado cuando él la dejó seguir en el proyecto, pero habían aumentado mucho más de lo esperado.

Por desgracia para ella, cuanto más le gustaba alguien, menos filtro tenía.

—Después de eso, le dije que no quería estropear nuestra relación profesional, pero la siguiente reunión fue un completo desastre. No me podía concentrar en nada de lo que se estaba diciendo. Solo podía pensar en ese beso. —A decir verdad, había estado pensando mucho en ese beso. Había sido desafortunado que él estuviera en la habitación en ese momento—. Estoy bastante segura de que me pasé toda la reunión con la cara roja. Me llevó una tarta en la siguiente…

—¿Te llevó una tarta?

—Sí. —Por muy dulce y atento que le pareciera el gesto, sabía que solo lo había hecho para salvar su relación laboral. Simplemente no quería más reuniones desastrosas.

—Ojalá alguien me comprase tarta.

Olivia sonrió.

—En fin, parecía que tenía muchas ganas de que las cosas volvieran a su cauce, pero no ha vuelto a ninguna reunión desde entonces. —Ella estaba deseando volver a verlo y se había decepcionado cuando no apareció—. Ricky, su segundo al mando, dice que Adam está ocupado trabajando en un nuevo complejo que está construyendo en Houston, pero me preocupa que me esté evitando. Hasta ahora había estado muy involucrado en el proyecto y no es propio de él perderse tres reuniones seguidas.

Ojalá estuviera simplemente ocupado. Teniendo en cuenta lo activo que era como socio, no quería ni pensar en lo que pasaría si al final resultaba que no podían trabajar juntos.

—¿Y estás segura de que no te gusta solo porque va a conservar el salón de té?

—Si fuera así, no lo echaría tanto de menos.

Aunque sabía que había tomado la decisión correcta al no intentar tener una relación más íntima, a menudo pensaba en ese beso y en qué habría pasado si ella no lo hubiera detenido.

—Entonces, creo que deberías intentarlo —dijo Stacy.

Olivia apoyó la barbilla en la mano.

—¿Por qué sabía que ibas a decir eso?

—Porque sabes que tengo razón —dijo Stacy con una

sonrisa y se encogió de hombros—. Es decir, ¿qué tienes que perder? Tampoco es que las cosas pudieran ir a peor. De hecho, podría ayudar a deshacer esa tensión entre ambos. No pasarías tanto tiempo pensando en los «y si...» y podrías seguir adelante con el proyecto.

Era una idea tentadora. Demasiado.

Y ¿acaso no había pensado ella eso mismo durante las últimas semanas?

—Ya estoy pagando el precio —murmuró. No se había acostado con él, pero aun así había probabilidades de que la reemplazasen en el proyecto.

—¡Exacto! —la voz de Stacy se volvió más suave—. Sé que enrollarte con un cliente daría mala imagen, pero no es que lo tengas por costumbre. Si las cosas no funcionan, pues no funcionan. Dudo que tu padre te fuera a juzgar por ello, sobre todo con las ganas que tiene de ser abuelo.

La alusión a su padre la hizo fruncir el ceño.

—Aún no hay nada concreto, pero mi hotel de Yosemite depende del éxito de este proyecto. —Y eso sería su entrada hacia la gestión de franquicias.

El hecho de que su padre no solo le hubiera dado más responsabilidades en el proyecto de The Mansion, sino que también estuviera considerando su propuesta de Yosemite, le dio una lección de humildad. Había hecho muchas cosas mal con el Whitcombe y él aún confiaba en ella. No podía decepcionarlo.

—Entonces no falles. Y sé que no lo harás, porque se trata de The Mansion. No importa lo que pase entre vosotros, nunca dejarías que se interpusiera entre el hotel y tú. —Stacy hacía que sonase muy sencillo—. Además, nunca te he escuchado hablar de nadie como acabas de hacerlo ahora sobre Adam. ¿Cuándo fue la última vez que te sentiste tan atraída por alguien?

—Nunca —respondió Olivia con sinceridad. Había momentos en los que solo podía pensar en él. Era como si hubiera vuelto a sus años de colegio con el primer chico que le gustó, Josh Hicks, solo que diez veces peor, porque sus deseos ahora no eran tan inocentes —. Y por eso creo que hay una posibilidad de que me enamore de Adam. Hasta las trancas. —De forma instintiva, sabía que él tenía el poder de hacerle daño.

—¿Tan malo sería?

—Si él sintiera lo mismo, no, pero me da la sensación de que le gusta ir de flor en flor. —Vale, la hacía sentir especial cuando estaban juntos, pero algo le decía que causaba el mismo efecto en todas las mujeres.

Y, aunque probablemente él no tuviera por costumbre mezclar los negocios con el placer, no estaba segura de que tuviera tantos reparos como ella. Frunció el ceño. No importaba, de todas formas. Era un cliente y liarse con él era el culmen de la poca profesionalidad.

—Y la relación más corta que tú has tenido duró casi dos años.

Tras un momento, Olivia dijo:

—Sigues pensando que debería intentarlo, ¿verdad?

Stacy suspiró.

—Bueno, a mí solo me ha gustado un chico de verdad y supongo que, si hubiera tenido la oportunidad de estar con él, durase lo que durase, la habría aprovechado sin pensarlo.

Olivia sintió una presión en el pecho porque sabía que Stacy se estaba refiriendo a su anterior guardaespaldas. Hacía como tres años que se había ido y su amiga aún tenía el corazón roto.

—¿Has hablado con Brad últimamente?

Stacy negó con la cabeza.

—Sabes que mi oferta sigue en pie. Si quieres que lo contrate para un evento o algo así de forma que puedas tropezarte con él, lo haré. —Stacy merecía al menos cerrar ese capítulo, pero Brad no se había molestado ni en despedirse.

—Te lo agradezco, pero si él no quiere hablar conmigo, yo tampoco con él. —Se quedó en silencio un momento antes de continuar—. Además, estoy intentando pasar página. Salgo y conozco gente.

—Vas a fiestas y le pides dinero a la gente —dijo Olivia con sequedad.

A veces, se preguntaba si su amiga pedía donaciones como una forma de alejar a los demás. No muchas personas estarían dispuestas a acercarse a ti cuando lo primero que les pedías al conocerlas era una donación.

Stacy se rio.

—Oye, así mato dos pájaros de un tiro.

Como sabía que a Stacy le costaba hablar de eso, Olivia cambió de tema.

—Bueno, ¿cómo va la gala? ¿Ya has contratado el catering?

Stacy mordió el anzuelo y empezó a hablar del menú que había elegido, pero, mientras hablaba de canapés, Olivia pensó en la situación de su amiga con Brad y supo que no quería acabar así. ¿Miraría atrás en unos años y se preguntaría qué habría pasado si le hubiera dado una oportunidad a Adam?

Probablemente, y se dio cuenta de que no quería arrepentirse de nada.

# CAPÍTULO DIEZ

Olivia sintió un peso en el estómago cuando entró en la sala de reuniones y vio al equipo de Adam sin él una vez más. Hacía casi un mes que no iba a ninguna reunión, así que ya debería haberse acostumbrado a su ausencia, pero seguía sintiéndose decepcionada.

Forzando una sonrisa, intercambió unas cortesías antes de tomar asiento. Mientras los chicos retomaban su conversación sobre el inicio de la temporada de béisbol, Olivia decidió que la ausencia de Adam era algo bueno. Si él se saltaba las reuniones, no habría incomodidad y él no tendría ninguna razón para sacarla del proyecto. Era la solución perfecta, pero no estaba contenta. Era casi como si prefiriese pasar tiempo con él y arriesgarse a que la echasen, lo cual era una locura. Estaba tan ensimismada en sus pensamientos que no se dio cuenta de que Seth había entrado en la sala hasta que escuchó cómo movían la silla que estaba a su lado.

—Creo que tengo algo que te puede gustar —le dijo el

arquitecto de forma conspiratoria mientras se sentaba. Ella miró con interés cómo él sacaba una carpeta de su maletín.

Le tendió una representación y ella se dio cuenta, sorprendida, de que era un nuevo concepto para el vestíbulo. Seth había integrado algunos aspectos del diseño actual de The Mansion, como el acabado del techo y la balaustrada de mármol con vistas a la planta principal, con los espacios más abiertos y simplificados de su diseño inicial. Y, sorprendentemente, funcionaba muy bien. Ella se había opuesto a quitar el fresco del área del check-in, pero ahora veía que hacerlo resaltaría la preciosa artesanía de la carpintería del techo.

—Me encanta —dijo, y en ese momento se dio cuenta de que, aunque el diseño original de su abuelo era precioso, tenía demasiados elementos que habían terminado chocando. Este diseño simplificado tenía más clase y seguía manteniendo la belleza y elegancia del vestíbulo—. Guau. Te agradezco mucho que lo hayas hecho. —Nadie se lo habría esperado, especialmente porque ya habían aprobado sus diseños previos para el vestíbulo.

—No es nada —respondió Seth—. Ya que básicamente vamos a restaurar los salones de baile y de té, quería un diseño más cohesivo para crear un flujo más armónico en el hotel.

A Olivia le llenó de esperanza la idea de mantener más partes del diseño original de su abuelo intactas, pero luego volvió a la realidad. Adam aún tenía que aprobarlo. Le pasó la representación a Ricky.

—¿Crees que a Adam le gustará?

—Le preguntaré. —Ricky miró el diseño durante un momento y luego a Seth.

Seth asintió.

—Te enviaré una copia por correo.

—¿Cómo has aprendido a hacer estas cosas? —Olivia no pudo evitar preguntarle. Siempre encontraba la forma de hacer cambios pequeños pero significativos.

—Tuve la suerte de trabajar para Tom Fielding —respondió él, refiriéndose al famoso arquitecto posmoderno, luego rio—. Bueno, por entonces no pensaba así. Parecía un montón de trabajo. Él dibujaba todo a mano y después teníamos que pasarlo a CAD. Pero, al final, fue la mejor formación que pude tener. Aprendí un montón sobre diseño desmontando cosas y volviéndolas a unir. Eh, se me había olvidado que tú estudiaste arquitectura. ¿Dónde hiciste las prácticas?

Olivia sintió que le ardían las mejillas.

—No las hice. Lo dejé después del tercer año para ayudar aquí.

Algunas veces seguía sintiendo que había elegido la salida fácil. Siempre le había encantado el diseño y, de niña, dibujaba edificios constantemente. Pero parecía ser que la universidad siempre le había costado más que a ninguno de sus compañeros. Pasaba semanas trabajando en un proyecto para que luego lo destrozasen en Estudio Arquitectónico.

Las críticas habían sido válidas, pero siempre le había costado mucho integrar esa retroalimentación. Mientras arreglaba un problema, se las apañaba para crear uno aún más grande, y eso después de que el profesor le hubiera dicho lo que estaba mal.

Algunas veces, algún profesor o crítico había calificado su trabajo como poco inspirado o vulgar y había esperado que lo mejorase. Al final, casi siempre terminaba rehaciendo el trabajo con una idea totalmente distinta porque ni siquiera sabía cómo enfocar el problema.

—A ver si adivino, ¿te sentiste aliviada cuando lo dejaste?

Olivia rio.

—Sí —admitió—. Por mucho que lo intentase, nunca se me dio bien manipular las luces y las texturas de forma conceptual. Cada semestre, rezaba para que los profesores cambiasen el enfoque a uno más tangible. Con las estructuras reales se me daba bastante bien, pero siempre estaba en la cuerda floja con todo lo demás.

—Y prácticamente todo en la universidad es abstracto —dijo él, y ella asintió.

—Exacto.

Él suspiró.

—¿Sabes? A mí personalmente me costaba mucho adaptar los modelos 3D al papel durante mi etapa en la universidad. Sabía lo que quería en mi cabeza, pero no era capaz de reflejarlo bien en escala 2D.

Olivia parpadeó, sorprendida. No se había esperado que alguien de su nivel hubiera tenido problemas con una parte tan fundamental de la arquitectura. Probablemente le había costado tanto como a ella, pero, en lugar de dejarlo, se lo había currado y se había convertido en un arquitecto increíble.

Era una cura de humildad.

—Pero te diré una cosa —continuó él—, hacer las prácticas con Fielding me enseñó mucho más sobre dar vida a mis ideas que Estudio Arquitectónico. No voy a mentir y decirte que las cosas mejoran. Poco más de la mitad de la gente que había en mi clase terminó graduándose, pero el trabajo en la vida real no tenía nada que ver con la universidad. Todo está basado en lugares de trabajo reales, así que definitivamente deberías darle otra oportunidad a la arquitectura si te interesa ese aspecto.

Ya había escuchado eso otras veces, pero en parte le preocupaba no tener lo que había que tener para graduarse. Aunque había aprobado todas sus asignaturas, algunas veces había sido por los pelos. Y, para alguien acostumbrada a sacar sobresalientes casi siempre, había sido muy descorazonador trabajar tanto para aprobar raspando.

—Si alguna vez decides retomar la universidad, puedes hacer las prácticas en mi firma.

—Te lo agradezco mucho. —Nunca aceptaría su oferta debido a un conflicto de intereses, pero era un bonito gesto por su parte.

—No hay de qué. Tienes buena mano para el diseño, cosa que yo… —Dejó de hablar cuando se abrió la puerta y entró Tina, seguida del resto del equipo Montgomery. Él le dedicó una mirada de disculpa antes de recoger sus cosas y ocupar su lugar al frente de la sala.

Una vez que todo el mundo estuvo sentado, empezó su presentación.

Mientras Seth hablaba sobre su visión para las tiendas del hotel, Olivia miró su nuevo diseño para el vestíbulo y se sintió impresionada una vez más por cómo un cambio tan simple podía resaltar la elegancia de la habitación.

Deseó poder hacer lo mismo y se sorprendió pensando en cómo podría volver a la universidad. Quizá podría matricularse en algunas asignaturas para no estresarse demasiado, o también podía retomar algunas de sus antiguas asignaturas y ver qué tal se le daba.

Seguramente sería más fácil la segunda vez...

—Hola, Adam. Gracias por recibirme con tan poca antelación —dijo Edward Monroe al entrar en la oficina de Adam.

—Sabes que mi puerta siempre está abierta para ti —le respondió al detective—. ¿Qué has encontrado?

Ya sabía que sus padres eran los que habían extendido los rumores, pero quería saber exactamente cómo de lejos habían llegado. ¿Habría otras empresas que querían alquilarle locales, pero habían decidido no hacerlo, como Landon's?

No se imaginaba que mucha gente se tomase la molestia de investigar los rumores como había hecho Jake. De hecho, la mayoría de las empresas probablemente se los hubieran tomado a pies juntillas y eso le costaría una cantidad innumerable de negocios.

Y, como sus padres eran incapaces de atender a razones, los combatiría de igual forma. En parte, odiaba tener que rebajarse a su nivel. Siempre había elegido el camino contrario en lo que a ellos respectaba y nunca había entrado al trapo cuando buscaban discutir, pero ahora iban a por su negocio y él no iba a quedarse de brazos cruzados.

No iba a inventar rumores como habían hecho ellos, pero, desde luego, podía airear todos sus trapos sucios.

Edward suspiró.

—Me temo que no te va a gustar. Parece ser que fue tu hermano el que empezó los rumores, no tus padres.

Adam lo miró boquiabierto. Vale que Doug y él no eran uña y carne, pero su hermano nunca le haría eso.

—Debe de haber algún error —dijo Adam cuando pudo hablar al fin. Doug era una buena persona y además sabía lo que se sentía cuando tus padres se aliaban contra ti. Él no les ayudaría a hacerle daño.

«Aunque ellos seguían manteniendo a Doug a pesar de que no daba un palo al agua…».

—Lo lamento —respondió Edward—. Lo he confirmado con dos fuentes distintas.

Adam negó con la cabeza y pensó en la última vez que había visto a Doug. Había sido el mes anterior, cuando los tres hermanos se habían reunido para cenar. No le había preocupado absolutamente nada relativo al comportamiento de su hermano, había estado tan relajado y divertido como siempre.

No podía ser verdad que él estuviera detrás de los ataques, pero a lo mejor sabía algo. Quizá algún conocido suyo había difamado a AC Developments y, como Doug no lo había corregido, la gente había asumido que era cierto.

Era mucho suponer, pero era más creíble que la idea de que su hermano lo hubiera saboteado. Cuando Edward se fuera, llamaría a Doug para ver qué sabía. Con suerte, así podría ayudar a Edward a seguir la dirección adecuada.

Mientras Edward le resumía las conversaciones que había tenido, Adam se dio cuenta de que todo lo que sabía se lo habían contado terceras personas. Ninguno de ellos había hablado directamente con Doug y eso le dio esperanzas. Debía haber sido algún tipo de malentendido.

Cuando Edward se fue, Adam cogió su móvil y llamó a su hermano. Al poco rato, Doug respondió.

—Eh, Adam. ¿Qué pasa?

—¿Estás diciendo por ahí que soy insolvente? —le preguntó con una mueca de dolor. Había planeado ir encauzando la conversación poco a poco, pero esos rumores lo estaban matando.

—¡No, claro que no! Espera… Puede que sí lo haya hecho.

Adam sintió una corazonada.

—Explícate.

—Bueno, había una chica muy guapa que me confundió contigo. Yo le dije que estaba buscando al hermano Campbell equivocado y quizá insinuase que estabas sin blanca.

Adam soltó un gemido.

—A ver si adivino, ¿estabas en una fiesta?

Aunque la única motivación de su hermano era pasárselo bien, tenía un montón de amigos muy bien conectados. De los tres hermanos, Doug era el único que se había tomado el pie de la letra el mantra de sus padres: «Los contactos lo son todo».

—Sí, en el cumpleaños de Alan Plummer.

Eso explicaba cómo los rumores se habían extendido

tanto. Plummer era el director ejecutivo de Teller's Bank. Con la suerte que tenía, seguro que la mujer a la que Doug había intentado impresionar también era un pez gordo de los bancos. O, quizá, alguien más lo había oído.

—¿Por qué? ¿Ha pasado algo? —preguntó Doug. Adam sacudió la cabeza. ¿Aprendería algún día su hermano que sus acciones tenían consecuencias?

—Landon's, la cadena de restaurantes, se retiró del Plex porque habían oído rumores de que era insolvente. Ya habían aprobado los permisos y estábamos a punto de empezar a construir.

—Oh, mierda. Lo siento mucho, Adam. ¿Quieres que diga algo?

—No, eso solo lo empeoraría. Mira, te agradecería mucho que no hablases de mí o mi situación financiera de ahora en adelante. —Con suerte, los rumores terminarían cuando la gente viera que le iba bien. Al menos era algo puntual y no el constante ataque que había atribuido a sus padres.

—Lo siento.

Adam suspiró. Aunque Doug lo había decepcionado, también sabía que su hermano colapsaba cuando veía una mujer guapa.

—Espero que al menos consiguieses el número de esa chica.

—Salimos unas cuantas veces, pero no funcionó.

Pues claro que no.

Adam supuso que no era tan sorprendente que ni él ni sus hermanos hubieran tenido nunca una relación seria. ¿Qué persona cuerda lo haría después de ser testigo del matrimonio de sus padres? Sabía que sus padres debían de haber estado enamorados alguna vez. Su padre no se habría casado con alguien que no fuera rico o poderoso de no ser así. Pero, de alguna forma, ese amor había mutado a una versión retorcida en la que parecía que su objetivo común era destruir al otro con sus aventuras. Les encantaba hacer sufrir al otro y se habrían divorciado hacía años de no ser por lo mucho que les preocupaban las apariencias y el dinero.

A Martha le gustaba pensar que lo que había llevado a su padre a tener aventuras era la personalidad controladora de su madre. Como ella no provenía de una familia adinerada, al contrario que papá, lo compensaba asegurándose de que nunca pareciese que le faltaba de nada a su familia. Siempre tenían que llevar la ropa adecuada, actuar de cierta forma y que los vieran en los eventos más exclusivos. Pero, como papá era igual, Adam dudaba que esa fuera la razón.

Teniendo en cuenta lo horribles que eran los dos, era más creíble pensar que habrían hecho desgraciada a cualquier persona con la que se hubieran casado. Adam y sus hermanos tuvieron la mala suerte de que se encontrasen el uno al otro y los tuvieran a ellos.

Adam suspiró porque sabía que él y sus hermanos eran más afortunados que la mayoría. Debería alegrarse de no estar ya bajo su control.

Una vez colgó el teléfono, le sorprendió darse cuenta de que sus padres no tenían nada que ver con los rumores. No podía creerlo. Eran inocentes. Pero ¿por qué lo había llamado su padre la otra semana? ¿Era posible que solo hubiera querido saludar?

Lo invadió la culpa al recordar cómo había reaccionado y consideró llamar a su padre para disculparse, pero descartó la idea. Que él no hubiera empezado los rumores no quería decir que no estuviera tramando algo.

Porque, sinceramente, su padre nunca llamaba a menos que quisiera algo.

Aun así, era agradable saber que sus padres no habían difundido los rumores, y Adam se recordó a sí mismo ser más cordial la próxima vez que hablase con cualquiera de ellos.

# CAPÍTULO ONCE

Mientras esperaba el ascensor, Olivia repasaba mentalmente las ideas de las que tenía que hablar en su próxima reunión con Julian Spa.

Normalmente, Montgomery dirigía sus propios spas dentro de sus hoteles, pero ella quería alejarse de ese modelo de negocio. Eran una de las mejores firmas de hoteles de lujo, pero en cuestión de spas se quedaban muy atrás, y no tenía sentido competir con los mejores cuando podía simplemente pedirle a uno de ellos que abriera un spa en sus hoteles.

Julian Spa tendría una rebaja considerable en el alquiler, Montgomery conseguiría más ventas y sus clientes sabrían que estaban pagando la mejor calidad posible. Su padre y Adam le habían dado el visto bueno al plan y, si conseguía un trato, The Mansion sería su primer hotel en ofrecer un spa de otra compañía.

Las puertas del ascensor se abrieron y se sorprendió al ver a Adam salir de él. Era la primera vez que lo veía desde que le llevó la tarta y tuvo que contenerse para no sonreír como una tonta. Lo había echado de menos.

Era ridículo.

Habían acordado que su relación laboral sería su prioridad y ahí estaba ella, mirándolo como si fuera a desaparecer de repente. Estaba más guapo de lo que ella recordaba, con esos hombros anchos resaltados por su traje oscuro, y se dio cuenta en ese instante de que tenía un problema muy gordo.

Era mucho más fácil decirse a sí misma que tenían que mantener las cosas en el ámbito profesional cuando no lo tenía delante. Porque daba igual lo tentada que estuviera de dejarse llevar, no podía arriesgar su puesto en The Mansion y sus sueños de crear una pequeña cadena de hoteles por un hombre.

Se miraron a los ojos y él suavizó su expresión. A Olivia le gustaba pensar que él también se alegraba de verla, pero sabía que eran solo ilusiones. Adam bajó la mirada al maletín de Olivia y estiró un brazo para parar el ascensor.

—¿Bajas? —Ella asintió y él dijo—: Voy contigo.

—¿Querías hablar conmigo? —preguntó ella cuando entró.

—Sí, quería hablar sobre The Mansion. —Ella se preocupó al pensar en qué querría decirle, pero no quería llegar tarde.

—Voy de camino a una reunión con Julian Spa.

—¿Te acompaño y hablamos por el camino?

Su oferta la cogió por sorpresa, aunque no debería. Incluso cuando no iba a las reuniones, él participaba de forma más activa en el proceso de toma de decisiones que cualquier otro cliente con el que ella hubiera trabajado. Incluso había aprobado los cambios para el vestíbulo de Seth solo unas horas después de la reunión. Acostumbrada a trabajar con franquicias que a veces tardaban semanas en responder, era un cambio agradable.

—Vale.

El hecho de que él la acompañase calmó sus preocupaciones; dudaba que fuera a ir con ella si no estuviera contento con su trabajo. Y, aunque le gustaba la idea de pasar tiempo con él, una parte de ella se preguntaba si no estaría tanteando el terreno para ver si podían trabajar juntos o no. Si era así, le demostraría que no solo era capaz de ceñirse a lo profesional, sino también de negociar un buen trato para The Mansion.

—¿Es esta la empresa que mencionaste, la que tiene un spa cerca del hotel? —preguntó él.

—Sí —respondió ella, contenta de que él hubiera recordado ese detalle—. Tienen uno a dos manzanas.

Otra opción era Summerville, pero ella prefería Julian porque su posición y los valores de la empresa le iban mejor a la firma Montgomery. Era de gama alta pero también accesible, mientras que Summerville podía resultar un poco intimidante a veces a pesar de que su atención al cliente no tenía comparación.

Ella levantó su bolso.

—He traído las cifras. La mayoría de los usuarios de Montgomery Spas son huéspedes y creo que son lo bastante altas para justificar la apertura de otro local sin canibalizar sus ventas actuales. Por cierto, gracias por permitirme hacer esto. —Ella había querido hacer algo similar con su hotel en

Los Ángeles, pero el franquiciado no había accedido a reducir las ganancias del hotel de forma alguna.

—No es nada. Creo que la marca Julian persuadirá a los huéspedes que no suelen ir al spa a probarlo y que el negocio extra compensará con creces los márgenes de beneficio reducidos.

Ella pensaba lo mismo y estaba agradecida de que Adam se estuviera convirtiendo en un socio tan agradable.

* * *

—¿Y os encargaríais vosotros de todas las sábanas, toallas y derivados? —preguntó una hora y media más tarde Greg Mateik, el vicepresidente de operaciones de Julian.

Olivia rechinó los dientes. Ya había contestado dos veces a esa pregunta.

—Sí, nos encargaríamos de todo eso —repitió, y añadió antes de que él volviera a preguntar—, además de todos los cubiertos y platos. —Se refería a los platos y tazas que usaban en Julian para ofrecer té y galletas a sus clientes.

Empezaba a temer que había cometido un error al ponerse en contacto con Julian. Sabía que Greg era el yerno del dueño, pero no se podía creer que hubieran dejado convertirse en vicepresidente de operaciones a alguien con quien era tan difícil hablar. No solo eso, además era un pesetero y le recordaba a Don Frazer, un franquiciado que cuestionaba casi cada frase en sus declaraciones.

Temía sus llamadas que duraban horas cada trimestre y, por desgracia, a él nunca se le olvidaba ninguna. No podía hacer nada con Don porque era un cliente con antigüedad, pero no iba a hacer negocios voluntariamente con alguien como él si podía evitarlo. Además, ¿cuánto podía costar lavar unas cuantas sábanas? No le parecía algo determinante para un trato.

—¿Y qué hay de nuestros productos?

Olivia frunció el ceño.

—¿Qué quieres decir?

—¿Se llevaría Montgomery un porcentaje de las ventas de nuestros productos?

Olivia apretó el puño por debajo de la mesa. No podía creer que tuviera el valor de preguntarle eso después de que ella le dijera que Montgomery anunciaría sus productos en el vestíbulo y en su catálogo.

Haciendo un esfuerzo para que no se le notase en la voz, respondió:

—Si el cliente los compra en el hotel, sí. Nos llevaríamos el mismo porcentaje que por los servicios del spa.

Se podía imaginar lo mucho que la presionaría si se asociaban. Y, aunque estaba de acuerdo en dejar ciertos detalles muy claros antes de profundizar en la conversación, esto era demasiado. No quería hacer negocios con alguien como Greg.

Se sonrojó al pensar en lo incompetente que debía parecerle a Adam en ese momento. Primero, había expuesto todos sus fracasos durante la cena, ¡y ahora esto! Sin duda, él se estaría arrepintiendo de su decisión de mantenerla en el proyecto y preguntándose si ya sería muy tarde para reemplazarla.

—Eso no me parece justo. Los productos ni siquiera ocupan tanto espacio.

—¿Y también quiere que cubramos los cargos por tarjeta de crédito? —preguntó ella refiriéndose a que, en conversaciones previas, él había dicho que quería que les pagasen con los ingresos totales en lugar de cifras netas.

—Bueno… Podríamos tener dos datáfonos —contestó él, y ella reprimió un gemido.

La situación se estaba volviendo ridícula. Por un momento, pensó en hablar con otra persona en Julian, pero descartó la idea rápidamente. Así la relación comercial no solo empezaría con mal pie, sino que, además, los superiores siempre podrían delegar en Greg y ella tendría que tragárselo de nuevo.

Era una pena, porque Julian sería perfecto para Montgomery.

La pantalla de su teléfono se iluminó. Normalmente lo habría ignorado, pero solo estaban perdiendo el tiempo. De ninguna forma quería hacer negocios con ellos. Cogió su móvil y vio que tenía un mensaje de Adam.

«¿SOS?».

Se alegró de tener una excusa para irse de la reunión y reprimió las ganas de sonreírle a Adam. Ya se lo agradecería después.

—Lo siento, Greg, me temo que tengo que irme. Ha surgido algo en la oficina.

—Vale, le enviaré mis otras preguntas por correo.

—Genial —dijo ella levantándose. Se aseguró de que lo tenía todo y dijo—. Ha sido un placer conocerle.

—Lo mismo digo —respondió él levantándose y estrechándole la mano a ella y a Adam—. Estoy deseando trabajar con usted y Montgomery.

Y ella estaba deseando salir huyendo de allí, pero mantuvo un paso moderado mientras caminaban por el vestíbulo. En cuanto llegase a la oficina, revisaría la oferta de Summerville. Después de la horrible reunión que Adam había presenciado, estaba deseosa de hacer las cosas bien y encontrar un reemplazo lo más rápido posible.

—Bueno, ha sido un fracaso absoluto —dijo Adam cuando salieron de la oficina.

—Siento haberte hecho perder el tiempo y muchas gracias por echarme un cable.

Le gustaba que le hubiera dado una oportunidad al enviarle un mensaje. Teniendo en cuenta lo mal que había ido la reunión, podría haber fingido tener un mensaje él mismo y cortarla, pero le había dejado elegir a ella y se lo agradecía.

—No ha sido un fracaso del todo: las galletas estaban deliciosas —dijo él, lo cual la hizo reír.

Llegaron a los ascensores y él apretó el botón de bajada. Mientras esperaban, un hombre con traje pasó por su lado y miró a Olivia de arriba abajo antes de dedicarle una sonrisa.

Ella sintió cómo Adam daba un paso hacia ella de forma protectora. La mirada del hombre se enfrió y saludó con la cabeza antes de continuar su camino.

Ella gimió para sus adentros. Ya le gustaba Adam más de lo que era prudente, pero, con la forma en la que había actuado hoy (dejándola decidir si quería terminar la reunión y ahora eso), se estaba enamorando de él cada vez más. No podía resistirse a alguien que no solo era sexy a más no poder, sino también considerado.

—Gracias por cubrirme las espaldas —murmuró ella

mientras se abrían las puertas y entraban en el ascensor. Pero, en el fondo, no podía evitar preocuparse sobre sus sentimientos hacia él y la forma en la que afectarían a su relación profesional.

* * *

Olivia pensaba que él había intentado protegerla.

Probablemente era mejor seguir dejando que creyese eso en vez de la verdadera razón. Él se había dado cuenta de que ese hombre la estaba mirando y quiso marcar su territorio. Quería demostrarle que no lo había hecho por amabilidad, así que la atrajo hacia él y la besó. Ella se quedó helada y él recordó, demasiado tarde, que no había querido la atención de ese hombre y ya lo había rechazado a él.

La soltó.

—No debería haber... —Ella lo interrumpió acercando su cabeza para darle otro beso.

Él la rodeó con sus brazos y el beso se intensificó. Dulce. Olivia sabía tan dulce... Él quería más. Le mordisqueó los labios y se los separó, y ella gimió cuando él le metió la lengua. El sonido hizo que se le pusiera dura.

Sonó el timbre del ascensor y se separaron cuando se abrieron las puertas. Cuando ella abrió los ojos, él vio lo aturdida que estaba y se sintió orgulloso de saber que era obra suya. Quería hacerle aún más cosas, pero sabía que ella necesitaba tiempo para pensar antes de tomar ninguna decisión.

Dos personas más entraron en el ascensor antes de que se cerrasen las puertas. El silencio era ensordecedor y a él le tomó por sorpresa lo mucho que quería volver a sentirla en sus brazos. Había sido una sensación perfecta, como si ese fuera su lugar.

Pasó una eternidad hasta que el ascensor por fin se detuvo en el vestíbulo.

—Supongo que tendrás un rato libre, ya que la reunión terminó antes de tiempo —dijo él mientras se dirigían a la puerta.

Aunque su voz era tranquila, estaba hecho un lío por dentro. Le iba el corazón a mil por hora y tuvo que hacer un esfuerzo enorme para no volver a agarrarla.

Ella asintió y él continuó hablando:

—Mi despacho está a unas manzanas de aquí. ¿Quieres ver el nuevo complejo que estoy construyendo?

Aunque preferiría llevársela a casa, se sorprendió al darse cuenta de que quería pasar tiempo con ella de cualquier forma posible. Peor, quería enseñarle el proyecto que tanto significaba para él.

—Me encantaría —respondió ella, y la idea de que ella quisiera saber más sobre él y lo que hacía lo llenó de calidez.

# CAPÍTULO DOCE

Olivia miró impresionada la maqueta del Plex, el complejo comercial al aire libre que Adam estaba construyendo. Era mucho mejor de lo que se había esperado. Por la forma en la que Adam lo había descrito, se había esperado algo más parecido a un centro comercial, pero era un complejo todo en uno con cine, restaurantes, tiendas e incluso un hotel. Un hotel Stone House.

—¿Por qué no usaste a Stone House para The Mansion? —le preguntó con curiosidad.

Stone House tenía una buena reputación y una alta gama con las que Montgomery competía. Ella pensaba que Montgomery era mejor firma, pero también sabía que no era demasiado imparcial a la hora de decidir.

—Stone House ha sido un socio estupendo, pero quería algo mejor para The Mansion.

—Y también que The Mansion fuera algo más que uno de sus muchos locales en Nueva York —dijo ella, y él asintió.

Aunque no alivió su culpa, Olivia se dio cuenta de repente de que perder el Whitcombe podía haber sido algo bueno. Si no hubiera ocurrido, quizá Adam nunca les habría propuesto el trato de The Mansion.

Y, aunque ella llevaba queriendo que The Mansion volviera a estar bajo el control de Montgomery desde que tenía memoria, ahora en quien pensaba era en Adam. Mierda. Llevaba semanas sin poder pensar en otra cosa. Primero, en el beso tras la cena y, ahora, en el beso en el ascensor.

Seguía sorprendida de la audacia que había tenido al besarlo después de que él se apartase, pero una parte de ella había sabido que él no volvería a besarla y esa idea era insoportable.

Así que ella lo había besado como si no hubiera un mañana y él había respondido de la misma forma.

Le entraron escalofríos al recordarlo. Nunca antes se había excitado con solo un beso y se imaginaba lo increíble que sería el sexo con él. Su abrazo en el ascensor había sido apasionante y ardiente y el hecho de que él no la hubiera presionado la hacía desearlo aún más.

Sería una insensatez acostarse con él, pero ella no quería escuchar a la razón. Se dio cuenta de que estaba mirando fijamente esos labios que la habían besado con tantas ganas, así que bajó la mirada hacia la maqueta con las mejillas sonrojadas.

—¿Dónde está esto exactamente? —preguntó, obligándose a sí misma a concentrarse en la conversación. Él parecía muy orgulloso de enseñarle su trabajo, lo mínimo que podía hacer era prestar atención.

—Está a unos treinta minutos a las afueras de Hudson, en Clear Lake.

—¿No está ahí el centro espacial?

Él asintió.

—También hay un montón de negocios.

—Entonces irán turistas y viajeros de negocios.

Ella pensó que Montgomery a menudo buscaba lo mismo, pero en ciudades más grandes, aunque su hotel de Yosemite no sería así. Ya que el hotel no estaría cerca de ninguna sede corporativa, tendrían que depender sobre todo de los turistas. Aunque podía imaginarse a negocios interesados en celebrar retiros y conferencias en él…

—Eso esperamos.

Algo en su tono le hizo levantar la mirada y lo sorprendió mirándole los labios. Él levantó la mirada para encontrarse con la suya y el fuego que había en ellos le hizo sentir una deliciosa emoción.

No podía evitar que le encantase el hecho de que le gustaba a Adam por cómo era. En muchas ocasiones, los hombres habían fingido interés en ella para acceder a alguno de los miembros de su familia, pero Adam no era así. Él ya tenía su trato y las condiciones estaban acordadas.

Lo cual significaba que la había besado porque había querido.

Y no solo eso, también se había puesto celoso por ella. Nunca antes había puesto celoso a alguien y era una idea excitante. Le había preocupado que él no fuera a corresponder sus sentimientos, pero ¿y si era así?

—¿Vamos a mi casa?

Se puso de los nervios en cuanto esas palabras salieron

de su boca. Nunca había hecho algo así, pero también era verdad que nadie la había hecho sentir así antes. Y quería hacer algo pensando solo en sí misma. Ya se preocuparía por las consecuencias después.

Pasó un momento y él asintió.

—Yo conduzco.

* * *

El corazón de Adam iba a mil por hora mientras subía casi corriendo los escalones de la casa de piedra rojiza de Olivia. Sabía que era una mala idea, pero no tenía fuerzas para pararlo. No quería.

Llevaba semanas sin poder dejar de pensar en ella. Incluso cuando se enterraba en trabajo, con la esperanza de olvidarla, ella se colaba en sus pensamientos por la noche.

Olivia abrió la puerta con movimientos seguros y precisos y él deseó estar así de tranquilo. Quería tomarse las cosas con calma y saborear el momento, pero, tras desearla durante tanto tiempo, estaba demasiado excitado.

En cuanto entraron y cerraron la puerta, Adam la estrechó contra esta y la besó. Olivia le recorrió el pecho con las manos mientras cubría su barbilla y su garganta de besos, haciéndole sentir escalofríos. Ella le quitó la chaqueta del traje y empezó a desabrocharle la camisa.

Él le bajó la cremallera del vestido y se le secó la garganta al ver los pechos cubiertos de encaje de Olivia. Inmediatamente, se metió uno en la boca y lo mordió con delicadeza. Olivia jadeó y lo rodeó con un brazo para que se acercase más.

Con una sonrisa, Adam lamió el pezón y sintió cómo los sonidos que ella estaba emitiendo le nublaban la mente. Cuando se movió para pasar al otro pecho, ella intentó desabrocharle el cinturón. Rozó su erección y todo el cuerpo de Adam se descontroló. Él se apartó, preocupado de terminar antes de que empezasen.

—Yo me quito los pantalones y tú… —Bajó la mirada a las braguitas de encaje a juego de Olivia y se prometió a sí mismo que probaría eso más tarde.

Por suerte, ella entendió lo que quería y se quitó las braguitas. Adam se sintió tentado por ese pequeño triángulo y olvidó por un momento lo que tenía que hacer. Olivia dio un paso hacia él y lo recordó. Se quitó rápidamente los pantalones y cogió un condón.

Tocó los pliegues de Olivia y agradeció comprobar que estaba húmeda. Le metió un dedo y gimió. Joder, qué apretado. Olivia echó la cabeza hacia atrás y gimió con los ojos entreabiertos. A él le encantó esa reacción y metió otro dedo, pero, tras moverlos unas cuantas veces, no pudo esperar más. Sacó la mano y se puso el condón con rapidez.

La agarró por las caderas para levantarla y la penetró. Cuando sintió su calor, puso los ojos en blanco. Era una sensación increíble. Como si lo hubieran hecho un millón de veces, se movieron en perfecta armonía.

Olivia lo envolvió con sus piernas para empujarlo más contra ella. Él le bajó el sujetador, revelando sus deliciosos pechos, y empezó a lamer uno de ellos.

Ella le clavó las uñas en la espalda y gritó cuando empezaron los espasmos. La sensación de tenerla apretada contra él lo empujó al límite y se corrieron juntos. A Olivia le fallaron las piernas y él la agarró con más fuerza antes de apoyar la frente sobre la suya.

Joder. Se había imaginado que lo pasarían bien juntos, pero eso no se lo había esperado. Ya quería más, así que volvió a besarla y se tomó su tiempo para saborearla bien.

—Ha sido increíble —dijo ella cuando se separaron, y él rio.

—Sí, desde luego. —Se sentía como si acabase de atravesar Central Park corriendo y tenía muchas ganas de volver a hacerlo. Pero, esta vez, quería tomárselo con calma y explorar más del delicioso cuerpo de Olivia.

Ella era tan sensible... Ya se podía imaginar los sonidos que haría cuando encontrase un punto particularmente erógeno. Sonrió de oreja a oreja y la levantó del suelo.

—Al dormitorio, ahora.

* * *

—Bueno, ¿qué te hizo cambiar de opinión sobre lo nuestro? —preguntó Adam una hora después, cuando estaban acurrucados en la cama—. No me quejo, que conste.

—Supongo que quería hacer algo pensando en mí misma para variar. —Probablemente se arrepentiría de su decisión por la mañana, pero, en ese momento, estaba satisfecha de poder estar en sus brazos y saborear el momento.

—Así que te has dado un capricho conmigo.

Ella se rio y se giró hacia él. Teniendo en cuenta que había sido el mejor sexo de su vida, era una descripción acertada. Pero no solo había sido un sexo increíble, también había sentido una conexión real. Nunca se había sentido tan en sintonía con alguien y esperaba que él pensase igual.

—Exacto. Supongo que siempre he sido muy consciente de cómo mis actos afectarían a mi familia y, por una vez, quería echar una cana al aire.

—Estás muy unida a tu familia, ¿no?

—Sí. Quizá sea porque llevamos muchos años trabajando juntos en el hotel, pero siempre hemos estado unidos.

No se había dado cuenta entonces, pero desde luego le había tocado la lotería con sus padres. Mientras que otros padres dejaban la crianza de sus hijos en manos de niñeras o guarderías, los suyos siempre habían estado encima de ella y su hermano, prácticamente a todas horas. Sí, a veces eran controladores, pero Robbie y ella siempre habían sabido que estarían ahí para ellos.

—¿Y tú? Ya sé que no estás unido a tus padres, pero ¿qué hay de tus hermanos?

—Estoy muy unido a mi hermana, Martha. Solo nos llevamos un año, así que siempre estábamos juntos. Doug, en cambio, es siete años menor que yo. Para cuando él estaba en primero, yo ya iba a la fábrica de mi abuelo después de clases. Nos llevamos bien, pero no estoy seguro de si seguiríamos en contacto de no ser porque Martha siempre está organizando quedadas.

Hizo una pausa y siguió hablando.

—Mi padre pagó a la universidad de mis sueños para que me rechazasen. —Ella se quedó rígida y él continuó—. Yo quería estudiar química para trabajar en la parte técnica del negocio, pero mi padre quería que estudiase empresariales en la misma universidad que él. Hice un trato con mis padres: si mantenía una media de sobresaliente y me aceptaban en la universidad de mis sueños, me dejarían estudiar química. —Sacudió la cabeza—. Creo que nunca se esperaron que fuera a conseguirlo. Nunca fui muy estudioso, pero me lo curré y me seleccionaron. Ellos tenían otros planes, sin embargo.

—¡Eso es horrible!

Él se encogió de hombros.

—Al menos sé lo que hizo. Si no fuera porque el abogado de la familia se equivocó y me reenvió la carta de agradecimiento que el decano le había mandado a mi padre, nunca me habría enterado. —Se rio con amargura—. Habría tenido ganas de trabajar con mi padre y poner en marcha mis planes para la empresa.

—¿Has hablado con tus padres desde entonces?

—Normalmente los veo una vez al año en la fiesta de cumpleaños de mi hermana, pero el mes pasado hablé con mi padre.

—¿Estaba intentando arreglar las cosas?

Olivia odiaba la idea de que Adam no se llevase bien con sus padres. Lo que le habían hecho era impensable, pero dudaba que hubieran tenido malas intenciones. Probablemente solo hubieran intentado hacer lo que creían correcto. Los padres también eran humanos y cometían errores.

—Dijo que quería que cenásemos juntos un día de estos, lo cual es una locura porque ni él ni mi madre pueden verme. Le pregunté si alguno de los dos estaba enfermo, pero me dijo que estaban bien.

—¿Vas a ir a verlos?

—No hemos hecho planes, pero creo que iré si alguno de los dos me vuelve a llamar.

Olivia pensó que quizá solo necesitaba un empujoncito para reconciliarse con sus padres y se preguntó si ella podría hacer algo. De pronto, recordó que Dannier tenía un spa.

Quizá un trato comercial podría ser el primer paso para calmar las aguas entre Adam y sus padres. El spa de Dannier no tenía tanto renombre como el de Julian o Summerville, pero su marca desde luego era más reconocible para el americano promedio. Su crema facial se vendía en prácticamente todos los grandes almacenes y era casi como una religión para muchos.

Lo investigaría al día siguiente antes de proponerle la idea a Adam. Pero, cuanto más lo pensaba, más le gustaba la idea de integrar el negocio familiar de Adam con el suyo. Una pequeña parte de ella se preguntaba si la razón por la que Greg Mateik había sido tan tiquismiquis era que Julian tenía mucho éxito. A lo mejor les hacían ofertas tan a menudo que podían permitirse ser tan exigentes como quisieran. Dannier, por otra parte, estaba empezando como spa y probablemente estuvieran más hambrientos de oportunidades comerciales.

Hablando de hambre, Olivia se dio cuenta de la hora que era de repente.

—¿Quieres pedir algo para comer?

—¿Tú tienes hambre?

—No.

Adam la miró con ojos traviesos y le acarició el brazo.

—Entonces se me ocurren mejores maneras de pasar el rato —dijo, y procedió a demostrarlo.

# CAPÍTULO TRECE

Un movimiento despertó a Adam a la mañana siguiente. Miró a un lado y vio que Olivia se había acurrucado junto a él mientras dormía. Empezó a recordar los hechos del día anterior y esbozó una sonrisa: él poniéndola contra la puerta, ella haciéndole sexo oral mientras lo miraba con esos bonitos ojos marrones, los dos comiendo comida tailandesa en la cama… Desde luego, era algo a lo que podría acostumbrarse.

Esa idea lo sorprendió. Él nunca pasaba la noche con las mujeres con las que se acostaba. No solo no quería que las mujeres se hicieran una idea equivocada de sus intenciones, sino que siempre llegaba el momento en el que le podían las ganas de irse. Pero, por alguna razón, no había sentido eso el día anterior. Joder. Ni por la mañana tampoco.

Debería haber sabido que iba a ser diferente con Olivia.

Nunca mezclaba los negocios con el placer. De hecho, cuando se sentía atraído por una mujer con la que tenía una relación laboral, se obligaba a sí mismo a pasar, y así lo hacía. Pero no había sido capaz de hacerlo con Olivia. Se le había metido en la cabeza y no se iba.

Ella había tenido sus reservas acerca de tener algo con él por su relación profesional, pero esperaba que para Olivia no hubiera sido un lío de una noche, porque él no estaba ni cerca de estar satisfecho.

Mierda. Solo estar en la misma habitación que ella ya le costaba. Ahora que la había escuchado decir su nombre al correrse y había sentido cómo era tenerla entre sus brazos, sabía que no sobreviviría a otra reunión si no podía pasar más noches con ella. Se pasaría las reuniones pensando en lo que se estaba perdiendo.

Como si sintiera que lo estaba abrazando, Olivia abrió los ojos y levantó la mirada. Era tan guapa que él no pudo evitar bajar la cabeza y besarla.

—Quiero volver a verte —le dijo cuando se separaron.

—El viernes tenemos una reunión con Prism —le respondió ella, refiriéndose a los actuales directores de The Mansion, y él soltó un gruñido. Tenía que estar de broma. Ella sonrió de forma sexy mientras le agarraba el culo y se lo apretaba —. Estoy libre esta noche.

—Eso ya me gusta más. —Sintió que se quitaba un peso que no sabía que tenía sobre los hombros. Se inclinó para volver a besarla y ella miró un punto detrás de él con los ojos muy abiertos.

—Oh —dijo Olivia saltando de la cama. Él se giró con curiosidad y vio un reloj. No sabía si reírse o sentirse insultado —. Lo siento —dijo ella mientras abría el armario y sacaba una blusa —, normalmente a estas horas estoy de camino al trabajo. —Esa era otra cosa que le gustaba de ella:

provenía de una familia rica, como él, pero no lo usaba como excusa para no trabajar.

Olivia se inclinó para abrir un cajón y a él se le olvidó cómo pensar al ver su culo perfecto. Ella cogió un sujetador y ropa interior y él volvió a la realidad. Estaban en su casa y él aún tenía que llevarla a la oficina, donde habían dejado su coche.

Se levantó para buscar su ropa, pero, en el fondo, estaba contando las horas para poder quitarle a Olivia las braguitas que se acababa de poner.

* * *

—¿Te importaría si no decimos que estamos juntos en la oficina? —le preguntó Olivia a Adam esa noche mientras estaban juntos en la cama. Habían planeado salir a cenar, pero, en cuanto ella entró en su apartamento y lo besó, ya no hubo nada que hacer.

—¿Por qué? ¿Te avergüenzas de mí? —bromeó él.

—Claro que no, pero soy consciente de la mala imagen que da. Es decir, me puedo imaginar cómo me sentiría si uno de nuestros empleados se acostase con un cliente. No me importa que otra gente lo sepa, pero no quiero que nadie en la oficina nos mire de forma distinta o no se atreva a hacer ninguna crítica.

—Claro, lo entiendo. —A él tampoco le haría gracia que un empleado suyo empezase a salir con uno de sus socios comerciales —. Entonces, nada de agarrarte el culo o robarte besos en el pasillo, ¿no?

Ella esbozó una sonrisa.

—Sí.

—Supongo que tendré que recuperar el tiempo perdido, ¿eh? —le dijo él antes de besarla. Los suaves labios de Olivia se rindieron a los suyos y él intensificó el beso, explorando su boca y embriagándose de su dulzura.

Al cabo de un rato, ella le puso una mano en el pecho y lo apartó.

—Espera. Hay otra cosa de la que quería hablar contigo. —Él arqueó las cejas y ella soltó un quejido—. No puedo pensar con tu pecho desnudo delante. —Adam sonrió de oreja a oreja al saber que eso la afectaba. Era agradable saber que no era el único que se sentía así.

Olivia no había apartado la mano y, de hecho, le estaba acariciando. Con un suspiro, él se movió hacia su lado de la cama; por desgracia, ella agarró la sábana para cubrirse los pechos.

—¿Qué te parecería usar a Dannier para nuestro spa en The Mansion? Solo tienen unos cuantos spas…

Él seguía mirando esa maldita sábana que le cubría los pechos, así que le llevó un segundo procesar sus palabras. Cuando lo hizo, su buen humor se evaporó.

—De ninguna manera —dijo, interrumpiéndola.

Olivia se quedó congelada y respondió con indecisión:

—No es que le vayamos a dar un trato especial a Dannier. Aunque son nuevos en la industria, su cuota de mercado es cada vez mayor. Eso, unido al reconocimiento de su marca…

—Como si son el spa número uno en el mundo, no lo vamos a tener en The Mansion. —De hecho, tener un spa

Dannier en el hotel estropearía el propósito de restregarles su éxito a sus padres.

¿Cómo podía Olivia siquiera pedirle eso?

Ella sabía cómo era la situación con sus padres. Adam entrecerró los ojos al recordar lo unida que estaba ella a su familia.

—¿Estás intentando arreglar las cosas entre mis padres y yo?

Parecía que ella iba a negarlo, pero suspiró.

—Supongo que un poco. Creo que nos iría bien con Dannier, pero también pensé que sería más fácil que hicieseis las paces si primero tuvierais una relación comercial.

Él gruñó y se pasó una mano por la cara.

Debería haber sabido que Olivia intentaría «ayudar», pero no había forma de arreglar la relación con sus padres. Esa opción había desaparecido hacía mucho. Y, aunque le frustraba que ella intentase meter las narices en sus asuntos, por otra parte, le gustaba importarle lo suficiente como para que lo intentase. Pero tenía que poner límites.

—Vamos a dejar una cosa clara —le dijo mientras se sentaba—. Si vamos a seguir viéndonos, no vas a intentar arreglar mi relación, o la ausencia de ella, con mis padres.

—Lo entiendo, no lo volveré a hacer —contestó Olivia con solemnidad. Adam odiaba la idea de que pensase mal de él. Sabía que la familia era muy importante para ella, pero sus padres simplemente eran unas personas horribles.

—Mis padres no son buenas personas —comenzó a decir. Que no hubiesen sido ellos los que empezaron los rumores no borraba el resto de cosas terribles que habían hecho—. Me utilizaron para joderles la vida a mi tía viuda y a mi primo.

Nunca le había contado a nadie toda la historia, pero necesitaba que ella entendiese lo peligrosos que eran sus padres.

—Mi abuelo siempre había planeado dejar partes iguales de la empresa a sus dos hijos, pero cambió de idea cuando fue evidente que mi tío, el hermano de mi padre, no sabía gestionar el dinero. Mi tío era un jugador compulsivo y a menudo lo perdía todo para luego volverlo a ganar. Cuando murió, mis padres le dijeron a mi abuelo que le darían a mi tía Helen y a mi primo Louie una parte igual de los beneficios si se lo dejaba todo a mi padre.

A Adam se le cerró la garganta al recordar cómo su abuelo le hizo prometer que cuidaría de su tía y su primo cuando estuviese al mando de Dannier. Como no era consciente de lo que estaban haciendo sus padres, Adam había pensado que esa era la forma que tenía su abuelo de enfatizar lo importante que era la familia y aceptó de inmediato.

—Mi abuelo cedió porque pensaba que yo iba a dirigir Dannier después de mi padre. Como era su primer nieto, siempre tuvo debilidad por mí. Pero, tras la muerte de mi abuelo, mis padres pusieron fin a las distribuciones y mi padre se subió el sueldo.

Aún le avergonzaba admitir que ni siquiera se había dado cuenta. Él y sus hermanos se enteraron de la traición cuando Martha invitó a la tía Helen y a su hijo a su cumpleaños y la reacción de su tía, que normalmente era muy amable, fue que no quería tener nada que ver con ellos. Martha presionó a la tía Helen para conseguir una respuesta y ella finalmente le contó por qué estaba tan enfadada.

A Adam y sus hermanos les llevó un tiempo convencer a su tía de que ellos no sabían nada de los planes de sus padres, pero terminó por perdonarlos.

Odiaba haber ayudado a sus padres a quitarles a su tía y su primo la herencia que les correspondía, aunque no hubiera sido de forma consciente. Aunque Louie tenía un fondo fiduciario de parte de su abuelo, eso no era nada comparado con lo que era suyo por derecho.

—¡Pobre de tu tía!

—Intenté ayudarla cuando empecé a ganar dinero, pero era demasiado orgullosa.

A veces se preguntaba si podría haber hecho algo para detener a sus padres. Quizá si hubiera pasado más tiempo en casa habría sabido lo que tramaban. Sin embargo, pasaba tanto tiempo como podía en la fábrica para escapar de los constantes gritos y peleas de sus padres.

Pero suponía que debía dar gracias de que sus padres estuvieran siempre peleando. Daba miedo pensar en lo que podrían conseguir si unían sus fuerzas y trabajaban juntos.

Él asintió hacia Olivia.

—Por favor, dime que tienes otra empresa en mente para el spa.

Odiaba la idea de decepcionarla, porque había sugerido Dannier con mucho entusiasmo.

—Antes de pensar en Dannier, mi idea era Summerville, pero pensé que Dannier tendría más ansias porque aún están en las primeras etapas del negocio del spa. Me pondré en contacto con Summerville la semana que viene.

De pronto, se dio cuenta de que Olivia era precisamente el tipo de mujer con el que sus padres querrían que se casase y le advirtió:

—Si alguna vez mis padres intentan ponerse en contacto contigo, tienes mi permiso para mandarlos a la mierda.

Teniendo en cuenta que siempre habían querido formar parte del club de los viejos ricos, no era descabellado pensar que pudieran ver a Olivia como su pasaporte de entrada. Incluso puede que intentasen hacer las paces con él.

Ella se rio.

—Espero que no lleguemos a tal punto.

Adam no pudo evitar preguntarse qué pensaría Olivia de él. Ella se llevaba bien con su familia e incluso trabajaba con ellos mientras que él no quería ni ver a sus padres. En un intento por distraerla, la besó y le dio un cachete en el culo en broma.

—Deberíamos irnos ya. —Hacía tiempo que habían perdido su reserva, pero él sabía que les darían una mesa igualmente.

# CAPÍTULO CATORCE

Olivia soltó un suspiro de satisfacción mientras repasaba mentalmente los sucesos de su cita del día anterior con Adam. La había llevado a un tour privado por el zoo y habían acariciado y dado de comer a los animales.

Sonrió al recordar cómo Adam había dado de comer a los osos. Aunque había intentado disimularlo, no había estado cómodo y ella se había aguantado la risa. Le fue mucho mejor con los adorables pandas rojos.

—¿Olivia?

—¿Eh?

—¡Olivia! ¿Me pasas la mantequilla, por favor?

Olivia tardó un segundo en procesar las palabras de su madre y, cuando lo hizo, se sobresaltó. Cogió la mantequilla y se la pasó a su madre.

—Perdón. —Su familia se reunía para tomar el *brunch* todos los domingos en el club y hoy había estado un poco distraída.

Mamá sonrió con conocimiento de causa.

—Bueno, ¿cuándo vas a traer a Adam al brunch?

No debería sorprenderle que su madre supiera lo suyo con Adam, pero así era. Aunque no habían llevado su relación precisamente en secreto, tampoco lo iban gritando a los cuatro vientos.

Supuso que eso significaba que su padre también lo sabía.

Por un momento, pensó en pedir disculpas por enrollarse con un cliente, pero descartó la idea. Él había estado interesado en emparejarla con Adam desde el principio, así que dudaba que fuera a quejarse ahora. Además, era más probable que estuviera más esperanzado por la idea de que ella sentase cabeza al fin que otra cosa.

Pero solo hacía un mes que se veía con Adam. No estaban ni cerca de la etapa de conocer a los padres, aunque quizá su caso fuera diferente porque Adam ya conocía a Victor… No. Eso no estaba bien. No debería sentirse obligado a venir al brunch porque tuvieran una relación laboral. Si conocía a su familia, debía ser porque él quisiera, no porque se sintiera en la obligación. Su familia se merecía algo mejor que eso.

—Aún no estoy lista para que conozca a la familia —admitió—. Llevamos muy poco tiempo. —Ya se podía imaginar a su madre preguntándole a Adam qué intenciones tenía con su hija y sabía que no podía hacerle pasar por eso.

Y, en el fondo, le daba miedo su respuesta. No es que ella estuviera buscando algo serio, pero Adam le importaba de verdad y no quería asustarlo.

—Oh. Lo entendemos, pero no tardes mucho, cariño.

Tamara Blake ya ha estado preguntado por él. Os vio juntos en Monsieur Agustin.

—Ah, pues yo no la vi. —De ser así, se habría acordado y habría llamado a su madre para que no tuviera que enterarse por otra persona.

Se sintió muy culpable al pensar cómo se habría sentido su madre cuando recibió esa llamada. Siempre habían estado muy unidas, pero, tras ver lo mucho que se emocionó su madre cuando le mencionó esa primera cena con Adam, le ocultó intencionadamente que habían empezado a salir.

Además de no querer que su madre se hiciera ilusiones, sabía que iba a querer conocerlo. Pero, teniendo en cuenta la relación que Adam tenía con sus propios padres, dudaba que quisiera tener algo que ver con los suyos.

—Siento que te enterases así.

—Te perdonaré siempre y cuando a Adam le gusten los niños.

—¡Mamá! —Su hermano soltó una risita y ella se contuvo de hacerle una mueca.

—Bueno, ya sabes que tu padre y yo nos hacemos cada vez más mayores.

—Tu madre tiene razón —comentó su padre—. El otro día hablé con Dan Laraby y se quejaba de lo que le dolían los huesos cada vez que jugaba al pilla-pilla con su nieto. No quieres que nos pase eso, ¿no? Tu madre y yo queremos ser unos abuelos divertidos que puedan llevar a los niños a partidos y ferias, no viejos que huelan a crema para la artritis y les griten que no hagan ruido.

—Adam y yo solo llevamos un mes saliendo. No es en absoluto el momento de hablar de niños.

—Pero él quiere tener hijos, ¿no? —preguntó su madre—. Es decir, ¿quién no querría?

—Pues mucha gente. Robbie, por ejemplo —respondió ella intentando no sonreír. Le gustaba devolvérselas.

—Olivia —la advirtió su hermano, pero era demasiado tarde. Sus padres se lanzaron sobre él.

—¿Cómo que no quieres tener hijos? —le soltó su madre.

Aunque sus padres estaban haciendo el tonto, habían tocado un buen tema que ella había estado ignorando. En algún momento, quería sentar cabeza y formar una familia y Adam no podía ser más opuesto a eso. No había nada malo en divertirse por el momento, pero tenía que recordarse a sí misma no encariñarse demasiado. Eran demasiado diferentes para que la cosa funcionase a largo plazo.

—Y Shoes Emporium y Rebecca también van a retrasar su apertura —dijo Javier en su llamada diaria el viernes por la mañana.

Adam suspiró. Eso elevaba a seis el número total de tiendas que no iban a estar listas para la gran inauguración. No era lo suficiente como para retrasar la apertura en la primera fase, pero afectaría.

—¿Qué ha pasado?

Javier suspiró.

—La tormenta. Le cayó encima al almacén de Shoes Emporium y retrasó una entrega de prendas para Rebecca.

Y, comprensiblemente, las tiendas no querían abrir con una oferta limitada. Querían abrir siendo un éxito. Menos mal que el cine no se había retrasado también, o tendrían serios problemas. Adam contaba con los muy esperados estrenos cinematográficos del verano para atraer a la gente al nuevo complejo.

—Debería estar listo para julio —continuó Javier.

—Estaré allí mañana —decidió Adam. Ya tenía pensado hacer una visita la semana siguiente, pero sería mejor ir antes y ver cómo iba progresando todo por él mismo. No necesitaba más sorpresas.

Se dio cuenta de que para ello tendría que cancelar sus planes de ver un espectáculo con Olivia y se arrepintió. Él no era muy fan de Broadway, pero le gustaba pasar tiempo con ella.

Ella lo había invitado con mucha ilusión. Odiaba decepcionarla, pero los negocios eran más importantes que un musical que podían ver en cualquier momento. Además, ella parecía más interesada en los diseños arquitectónicos del teatro que en el propio espectáculo.

—Tenemos una reunión con Stevens mañana por la mañana —dijo Javier, refiriéndose a la empresa de construcción que estaba trabajando en el complejo—. ¿Quieres que la aplace?

—No, pero gracias por la oferta. —Se trataba de un problema de las tiendas, no de la construcción, pero se aseguraría de asistir a la reunión con ellos cuando volviese para la gran inauguración el mes siguiente.

Hablaron durante un rato más sobre cómo se estaba desarrollando la segunda fase y después Adam colgó. Acto seguido, llamó a su asistente para que se ocupase de los preparativos del vuelo. Cuando terminó, se recostó en su silla y llamó a Olivia. Con suerte, estaría dispuesta a dejar el musical para otra ocasión.

—Hola, Adam —lo saludó Olivia con voz alegre, y él se sintió aún peor por tener que cancelar su cita.

—Hola, Olivia. Lo siento, pero no voy a poder ir contigo mañana. Han surgido unos problemas con el Plex y quiero asegurarme de que todo avanza correctamente antes de que abramos el mes que viene.

—No pasa nada, lo entiendo.

Ella siempre tan comprensiva y, en lugar de apreciarlo, él lo odiaba. ¿Cuántas veces había llegado tarde a una cita porque alguna reunión se había alargado más de lo que él pensaba?

Ya había tenido esos problemas con otras mujeres, pero le habían importado lo mínimo para disculparse o quizá llevar un pequeño regalo. Con Olivia era distinto. Se dio cuenta de que quería hacerlo mejor.

Era una locura. Nunca se había esforzado tanto en una relación: planear citas, pensar en lo que a ella le gustaría, intentar impresionarla… Para ser sincero, debería haberse cansado de todo hacía ya semanas. Sin embargo, anhelaba cada cita.

Pensó en su inminente viaje de negocios y en cómo podía arreglar la situación. No quería retrasar el viaje, pero tampoco quería perderse la oportunidad de pasar tiempo con Olivia.

—¿Vienes conmigo? —le preguntó en cuanto se le ocurrió la idea.

Podría ser como una cita extendida y tenía el plus de que podría enseñarle a Olivia el Plex. Aunque disfrutaba compartiendo su trabajo con ella, una parte de él quería impresionarla, igual que con la maqueta que le enseñó en la oficina. No había sabido la razón, pero quería que ella lo viera como un hombre de negocios exitoso.

Lo invadió la duda al ver que ella no respondía, así que añadió:

—Deberíamos estar de vuelta sobre las nueve o las diez. Si no estás ocupada, claro. —Normalmente, ella pasaba los domingos por la mañana con su familia, así que sabía que querría volver pronto.

Se produjo una pequeña pausa antes de que Olivia contestase.

—Claro, me encantaría ir.

Él sonrió de oreja a oreja. No entendía cómo algo tan simple como que ella lo acompañase a Texas podía hacerle tan feliz, pero así era.

—Genial, pasaré a buscarte.

Después, hicieron planes para ver el musical el sábado siguiente y Adam no pudo evitar pensar que el día pintaba mucho mejor.

# CAPÍTULO QUINCE

—¿Usas el mismo diseño para todos tus complejos? —preguntó Olivia mientras caminaban por la segunda fase del Plex. Adam se aguantó las ganas de sonreír. Olivia no solo parecía genuinamente interesada en el proyecto, también estaba muy mona con el casco.

Él había querido robarle unos cuantos besos, pero sabía que, en cuanto a demostraciones públicas de afecto, solo se sentía cómoda dándole la mano. Y, aunque le encantaba verla ruborizarse, no quería avergonzarla. Quizá le robase un beso más tarde, cuando volvieran a los tráileres donde estaban las oficinas de construcción.

—No hemos usado las mismas especificaciones para todo, como hacen otros —Había empresas que usaban exactamente el mismo formato en todo lo que construían para ahorrarse tiempo y dinero. Compraban terrenos de tamaño similar y construían el mismo edificio una y otra vez—, pero a menudo usamos diseños y colores similares para crear una imagen de marca. —Hizo un gesto hacia la estructura—. El Plex, sin embargo, lo diseñamos desde cero. Como es más lujoso que mis proyectos anteriores, no pensé en el branding.

Olivia sonrió.

—Conozco a un tío que pinta los tejados de todas sus propiedades de amarillo chillón para ver más fácilmente lo que es suyo cuando lo sobrevuela.

Adam se rio.

—Estoy bastante seguro de haberlos visto. —Asintió—. ¿Y Montgomery? Sé que los diseños pueden variar mucho de un hotel a otro, pero ¿hay alguna característica que defina a todos los hoteles Montgomery?

—No se me ocurre nada en cuanto al diseño o la estructura. Supongo que es distinto porque estamos renovando hoteles viejos en lugar de construirlos, pero intentamos darle a cada uno su propia personalidad y a menudo nos inspiramos en la historia local. Ni siquiera usamos la firma Montgomery en todos nuestros hoteles, a veces preferimos conservar el nombre original del hotel si tiene algún valor histórico o es lo suficientemente conocido para mantenerse por sí mismo, como el Biltmore.

La estrategia de Montgomery era muy diferente a la de Stone House. En Stone House tenían instrucciones estrictas sobre el aspecto que debía tener todo y eran muy rigurosos con la uniformidad, lo cual a menudo convertía sus hoteles en indistinguibles los unos de los otros. No tendrías instalaciones lujosas en un hotel Stone House, pero tenías asegurada una habitación limpia y una cama cómoda.

—Pero, si tuviera que elegir lo que nos define, probablemente sería nuestra atención al cliente —continuó Olivia—.

Somos conscientes de que muchos de nuestros clientes ahorran durante semanas para pasar una noche en nuestro hotel, así que siempre hacemos todo lo posible para superar sus expectativas.

Su razonamiento le sorprendió, pero tenía sentido. Cuando alguien te confiaba el dinero que tanto le había costado ganar, hacías todo lo que estaba en tu mano para superar sus expectativas.

Olivia arrugó la nariz.

—Ojalá la gente dejase de publicar reseñas tan detalladas en la web. Nos encanta sorprender a nuestros huéspedes con fruslerías o cestas de regalo, sobre todo si están celebrando una ocasión especial, pero ha llegado el punto en el que ya no es una sorpresa para nadie.

—Lo que cuenta es la intención. —No era su culpa que los huéspedes les estropeasen la sorpresa a los demás.

—¡Ya, pero qué rabia!

Él rio y se dio cuenta de que le gustaba tener a alguien tan apasionado por la industria hotelera y la atención al cliente trabajando en The Mansion. Pero, ahora mismo, lo que más agradecía era que su pasión la hubiera llevado hasta él.

Adam le dio a Olivia un golpecito con el hombro.

—¿Quieres ir a comer a Stanton's? Hay un restaurante de cocina fusión del que mis chicos han hablado maravillas.

Ahora que había terminado la inspección de la primera fase y no había nada urgente, podía relajarse y disfrutar de su tiempo con ella. No le interesaba especialmente la cocina fusión, pero quería tener un detalle para compensarle que se hubieran perdido el musical y como agradecimiento por haberle acompañado. Le habría gustado llevarla a algún sitio divertido, como el centro espacial, pero no les daba tiempo si querían estar de vuelta en Manhattan por la noche. Había preguntado y, a juzgar por las respuestas, Stanton's era el sitio de moda.

—No a menos que tú quieras. Aún sigo llena después de todos esos *beignets*.

Adam se rio. Uno de sus arrendatarios, una cafetería, estaba enseñando a sus empleados a hacer esas rosquillas deliciosas y había hecho bastantes para alimentar a todo el equipo. Olivia y él se habían pasado un poco.

—Ya comeremos más tarde, entonces —dijo él reanudando el tour—. Cuando todo esté hecho, pondremos un tren que recorrerá el complejo para los niños y sus padres.

—Ah, los he visto. Cuando era niña, las atracciones para los niños en los centros comerciales siempre eran tiovivos. —Olivia rio—. Yo incluso tenía un elefante favorito, lo elegía siempre.

Le sorprendía que sus padres la hubieran dejado montarse en tiovivos, cuanto más ir al centro comercial. Su madre siempre les había dado la brasa con que no se mezclasen con «la gente corriente». En vez de ir a las tiendas, le enviaban las compras a casa. Se preguntaba cómo reaccionaría si le contase que a una de las familias que tanto se esforzaba por emular no le importaba ir a centros comerciales.

Olivia sacudió la cabeza y dijo:

—Aún no tengo claro si las atracciones eran para atraer a las familias o para calmar a los niños por tener que acompañar a sus padres a hacer las compras.

Él estaba a punto de invitarla a que volviera cuando el complejo estuviera terminado para que viera todo en funcionamiento, pero se detuvo. La segunda fase no estaría terminada hasta dentro de siete meses. Era poco probable que siguieran juntos para entonces. De hecho, Olivia era la relación más larga que había tenido hasta la fecha.

Nunca se encariñaba de las mujeres con las que salía, pero la idea de que él y Olivia no siguieran juntos cuando el Plex se inaugurase no le gustó nada. Luchó contra el pensamiento incontrolable y dijo:

—Supongo que un poco de cada.

No tenía sentido pensar en cosas que no podían ser. Él nunca había sido de relaciones largas. No era su estilo, pero no podía evitar pensar que, si lo fuese, Olivia sería la indicada para él. Su personalidad y su motivación eran muy compatibles con las de Adam.

—Y aquí va a estar el patio secundario —dijo él señalando el espacio entre dos tiendas principales.

Olivia sonrió.

—Ya me puedo imaginar el árbol de Navidad entre las dos tiendas —dijo ella, y se giró—. Ahí es donde vais a poner el árbol, ¿no?

Él sintió un tirón en el pecho al pensar quién la mantendría calentita durante las frías noches de invierno, pero lo apartó. «No voy a pensar en eso».

—Sí, y habrá clases de yoga por las mañanas y música en directo por las noches.

—¿Vais a dirigir vosotros las clases o alguien os va a alquilar el espacio?

—Un estudio de danza local nos lo va a alquilar por un módico precio.

—Y así conseguís clientes potenciales cuando terminen las clases. Muy inteligente.

Su aprobación le llenó de orgullo. Nunca antes había buscado las opiniones de las mujeres con las que había salido, pero ahora se preguntaba constantemente qué pensaría Olivia. Se dio cuenta de que esa relación se estaba volviendo mucho más seria de lo esperado y eso le dio que pensar, pero sabía que era verdad. Si no estaba con ella, estaba constantemente pensando en ella y, cuando estaban juntos, quería compartirlo todo con ella, incluyendo los pensamientos e ideas que normalmente se guardaba.

El hecho de que se sintiera así con ella probablemente tuviera algo que ver con su relación laboral. A él siempre le había encantado su trabajo y era normal que se pillase por una mujer que expresase interés en él, pero sus sentimientos estaban yendo demasiado lejos. Tenía que poner límites y separar los negocios del placer. Desde ese momento en adelante, sus charlas de negocios se limitarían a The Mansion y evitaría mencionar sus otros proyectos.

—No todas las tiendas habrán abierto para cuando terminen las clases, pero admito que lo tuvimos en cuenta. —La gente podría comprar un batido o un sándwich cuando saliera—. Ven, vamos a comprobar la seguridad.

* * *

Un sábado por la mañana, estaban tumbados en la cama cuando Olivia se giró hacia Adam.

—¿Qué te parecería conocer a mi familia en el brunch?

—En realidad, ella no quería invitarlo, pero su madre se estaba poniendo muy persistente y no quería que sus padres sintieran que Adam los estaba evitando.

—Sí, claro.

—¿No te importa? —le preguntó ella, sorprendida de que hubiera aceptado tan rápido.

—Tengo que admitir que nunca he conocido a los padres de nadie. Joder, ni mis hermanos han traído nunca a nadie a casa, excepto esa vez que mi hermana quería deshacerse de su novio.

—¿Funcionó?

Adam se rio.

—Y tanto, el pobre hombre rompió con Martha a la semana siguiente. Doug y yo lo sabíamos desde el principio, así que se lo hicimos pasar mal, pero nuestros padres lo espantaron por su cuenta sin saberlo siquiera.

—¿Tan malos son?

—Bueno, normalmente se contienen cuando hay gente delante, pero debieron pensar que el novio de Martha era inferior a ellos.

—¡Qué horror!

—Sí, pero a Martha le vino bien. Oye, ¿qué te parece un pequeño *quid pro quo*? Yo voy al brunch de tus padres y tú vienes conmigo a la fiesta de cumpleaños de mi ahijada el mes que viene.

Olivia parpadeó.

—¿Eres padrino?

Adam sonrió de oreja a oreja.

—Sí, de una bebé preciosa. ¿Por qué te sorprende tanto?

—No sé, es que parece muy casero por tu parte. —Adam no parecía del tipo familiar. ¿Podría ser que ella se hubiera equivocado al juzgarlo? Sin previo aviso, recobró la esperanza.

—Normalmente no hago esas cosas, pero soy amigo de los padres.

—¿De los dos? ¿Los emparejaste tú por casualidad? —le preguntó, intrigada. A lo mejor sí que creía en el matrimonio.

—Ojalá pudiera decir que fue cosa mía, pero no. No tuve nada que ver con que se emparejasen. Fui a la universidad con un tío llamado Jason Collins y nos mantuvimos en contacto a lo largo de los años. Él terminó abriendo un fondo fiduciario con un conocido suyo, Luke Darren, y...

—Espera... ¿Eres el padrino de la niña de Luke y Samantha? —preguntó Olivia, sorprendida.

—Sí. ¿Los conoces?

—No personalmente, pero me acuerdo de que la noticia de su boda fue toda una bomba.

Luke se había casado con la viuda de Jason menos de un año después de que este muriese. Olivia recordó que había pensado que era triste que alguien pasase página tan rápido.

A lo mejor era muy inocente, pero le gustaba la idea de un amor para toda la vida. Stacy, por otra parte, había reaccionado de forma totalmente opuesta y le había parecido una historia muy romántica. Se había tragado los rumores de que Luke siempre había querido a Samantha y la había apoyado durante esos tiempos difíciles para ella.

Adam hizo una mueca.

—Sí, la prensa no fue muy amable con ellos, pero ya lo verás cuando los conozcas. No son para nada como los pintan los periódicos.

Olivia recordó lo que decían. Cuando no estaban haciendo que Samantha pareciera la más miserable de las cazafortunas, ponían a Luke como un tiburón de los negocios que solo se casaba con Samantha para obtener el control total de la empresa.

—Entonces, ¿hay trato? —preguntó Adam.

—Sí. Me encantaría ir —respondió Olivia, contenta de que él quisiera que conociese a sus amigos. Eso tenía que significar algo, ¿no?

—¿Y tú qué? ¿Quieres tener hijos? —le preguntó Adam cuando volvió a acomodarse en sus brazos.

—Sí, pero no a corto plazo —admitió ella—. Quiero estar más establecida laboralmente antes de formar una familia. —Quizá lo pensaría cuando abriese uno o dos hoteles—. ¿Y tú?

—Para mí es un no rotundo. —Él dudó y añadió—: No tengo nada en contra de los niños, pero no creo mucho en el matrimonio.

—Oh —dijo ella. La invadió la decepción. Ya lo había adivinado, pero aun así era duro escuchar la confirmación.

Gimió para sus adentros al pensar en sus padres y en lo mucho que querían nietos. No quería darles falsas esperanzas a sus padres llevando a Adam, pero tampoco podía retirarle la invitación, sobre todo después de lo mucho que había insistido su madre en conocerlo.

No sabía qué hacer, así que rezó para que sus padres no le fueran a coger cariño.

# CAPÍTULO DIECISÉIS

—Gracias otra vez por venir —dijo Olivia mientras caminaban por el vestíbulo del club de campo. Era la tercera vez que se lo agradecía y Adam estaba empezando a sospechar. Quizá su familia no era tan perfecta como se la había descrito.

—No es nada. Además, quizá sea mejor caerle en gracia a tu padre.

No sería bueno que las cosas se torciesen antes incluso de empezar la reforma. Sabía que debería estar arrepentido de estar arriesgando un trato de negocios, especialmente uno tan grande como ese, por una mujer, pero disfrutaba de estar con Olivia demasiado como para preocuparse.

—Lo sé, pero mi padre recurrirá a mi madre para preguntar las cosas que él no pueda.

—¿Para interrogarme, quieres decir?

Ella asintió.

—Es más dura de lo que parece.

No sabía por qué, pero le parecía adorable que Olivia se preocupase tanto por él.

—Signaré SOS en la palma de tu mano si necesito ayuda. —Dudaba que la fuera a necesitar, pero siempre venía bien estar preparado, sobre todo si Olivia estaba tan preocupada.

—Eso valdrá, pero deberíamos pensar en un plan B en caso de que mi madre nos separe.

Mientras valoraban posibles señales, Adam miraba ese club al que sus padres habían intentado unirse con tanto empeño y le sorprendió lo cálido y acogedor que parecía.

Se había esperado algo más parecido al club del que eran miembros, que estaba lleno de candelabros, mármol y camareros con el cuello rígido, pero este era todo lo contrario. El sonido de las risas de los niños, los paneles de madera y el fuego que crepitaba en la chimenea del vestíbulo daban una sensación hogareña. En cambio, en el club de sus padres no se permitía la entrada a los niños a menos que se tratase de una ocasión especial.

Quizá fuera porque los miembros del club de sus padres eran mayormente nuevos ricos que sentían la necesidad de demostrarse algo a sí mismos. Llenaron su club con arte caro y eso creó un ambiente poco acogedor para familias con niños pequeños. Pero, mirado así, quizá fuera esa su intención. Ambos clubes promovían asociaciones políticas y de negocios, pero quizá otros, como este, anteponían ese ambiente de familia y comodidad a los negocios. Los que provenían de familias adineradas podían elegir con quién trabajaban, mientras que los nuevos ricos normalmente no se podían permitir ese lujo.

—Nuestra mesa está al fondo del restaurante, en el patio —dijo Olivia mientras pasaban una rotonda y salían del edificio principal —. Como casi todos en mi familia prefieren un brunch estilo bufé en lugar de pedir por separado, mi padre hizo que el restaurante nos preparase nuestro pequeño bufé personal.

Llegaron al patio cubierto y él vio a la familia sentada en una mesa rectangular. Había unas diez personas. La noche anterior había leído todos los artículos que pudo encontrar sobre la familia de Olivia, así que reconoció a su familia directa y a su tío, tía y primos. No había pensado mucho en ello cuando Olivia mencionó que estarían todos ahí, pero ahora se daba cuenta de lo extraño que era que se reuniesen tan a menudo.

Barbara Montgomery, la madre de Olivia, levantó la mirada y les dedicó una gran sonrisa cuando los vio.

—¡Olivia! —dijo, levantándose y acercándose a abrazar a su hija.

Olivia sonrió y le devolvió el abrazo.

—Hola, mamá.

Barbara soltó a Olivia y se volvió hacia él.

—Y tú debes de ser Adam —dijo mientras le daba un cálido abrazo—. Qué bien conocerte al fin. Soy Barbara Montgomery, la madre de Livie.

—Hola, Barbara. Yo también me alegro de conocerte. Gracias por invitarme.

—Gracias a ti por venir, sé que eres un hombre ocupado. —Le agarró el brazo con una fuerza sorprendente y lo guio hasta la mesa del bufé —. Vamos a por algo de comer y te presentaré a todo el mundo.

La siguiente hora fue como un torbellino, con la familia hablando de todo lo habido y por haber y la visita ocasional de algún amigo que se pasaba a saludarlos. Era como una de esas cenas de Acción de Gracias que había visto en las películas, pero sin las discusiones. Al menos, por el momento. Había habido desacuerdos, pero Olivia y su madre los habían suavizado antes de que fueran a más. Por lo visto, no pasaba nada por hablar de política en la mesa siempre y cuando tuvieras un buen árbitro.

En definitiva, era sorprendente ver lo bien que se llevaban todos. Teniendo en cuenta que su padre le había robado su parte de Dannier a su hermano, Adam se había esperado ver al menos un poco de fricción entre los familiares de Olivia.

La familia Montgomery era dueña de dos negocios dirigidos por Victor y su hermano respectivamente. Aunque el negocio del hotel era grande, no lo era ni por asomo tanto como el banco, así que no podían repartirlos en mitades iguales. Adam no sabía cómo se habían organizado, pero, a juzgar por lo bien que se llevaban los hermanos, era obvio que estaban contentos con el arreglo. Joder, hasta Olivia y su hermano parecían llevarse bien con sus primos, y a Adam le dio la sensación de que eran una piña.

—Bueno, tengo un director general en mente —dijo Victor mientras atacaba su postre—. Pierre…

Su mujer lo interrumpió dándole un manotazo en el hombro.

—No se habla de negocios cuando se está en familia —dijo, y le sonrió a Adam—. Lo siento, Victor vive por y para esos hoteles.

Adam esperaba que Victor fuera a enfadarse por la interrupción de su mujer, pero, cuando lo miró, se sorprendió al ver que le estaba sonriendo. Después, le dedicó una mirada de disculpa y se encogió de hombros.

La pareja llevaba toda la mañana siendo igual de cariñosa y Adam tuvo que preguntarse hasta qué punto era real. A sus padres también se les daba muy bien jugar a ser la pareja enamorada de cara a los demás, pero en casa la película cambiaba por completo. Allí, o bien se ignoraban o se gritaban con todas sus fuerzas.

—¿Cuánto tiempo lleváis saliendo Olivia y tú? —preguntó Barbara— ¿Te puedes creer que me enteré por Tamara Blake, quien parece ser que os vio en una de vuestras citas? —Le dedicó a su hija una mirada dolida y Adam no pudo evitar sonreír.

La madre de Olivia era especial. Su calidez y simpatía escondían la fuerza de su carácter, pero estaba ahí, al igual que su determinación. Él se había dado cuenta de cómo se las había apañado para que se sentase a su lado y cómo lo había dejado acomodarse antes de empezar con las preguntas.

—Unos meses. Decidimos llevarlo con discreción por nuestra relación laboral.

—¡Meses y Olivia nunca dijo ni una palabra! Incluso pensé que Tammy se equivocaba, porque lo único de lo que habla Victor es de The Mansion. Estaba convencida de que era una cena de negocios, pero Tammy me aseguró que era una cita.

—Barbara —la advirtió Victor y ella le sonrió.

—Estoy hablando de más otra vez, ¿no? —Victor asintió

y Barbara rio mientras se volvía hacia Adam—. Lo siento. Ahora, háblame de ti.

* * *

Olivia iba conduciendo hacia la oficina a la mañana siguiente cuando recibió una llamada de Stacy.

—¡Hola, Stacy! ¿Qué pasa? —preguntó al mismo tiempo que Stacy hablaba.

—Bueno… ¿Qué tal fue?

Olivia suspiró porque sabía que Stacy se refería al brunch del día anterior.

—Supongo que depende de cómo lo mires. —Stacy estaba al corriente de lo que la había preocupado de que sus padres conocieran a Adam.

No es que esperase que sus padres lo odiasen. Más bien, que les resultase indiferente. Pero, en lugar de eso, a su madre le había caído tan bien que le había dicho que podía llevarlo al brunch cuando quisiera.

—Supongo que eso significa que a tus padres les gustó Adam.

—Sí.

—Bueno, eso no es ninguna sorpresa, ¿no? Quiero decir, a tu padre hasta le terminó gustando William con el tiempo —dijo Stacy refiriéndose al novio del instituto de Olivia—. No es que tuviera nada de malo, pero tu padre siempre decía que era un gorrón.

Olivia sonrió.

—Sí. Daba igual que estuviéramos en el instituto, papá siempre esperaba que todo el mundo trabajase. Ahora que

William tiene trabajo, cumple todos los requisitos para ser un yerno.

Stacy se rio.

—Es la fiebre de los nietos. En cuanto ven que sus amigos los tienen, empiezan a esperarlos ellos también.

—Es muy frustrante. No por mencionarlo todo el rato vamos a sentar cabeza antes. No le preguntaron a Adam si quería niños, pero mi madre tenía muchas ganas de hacerlo, se lo veía en los ojos. —A Olivia le daba la sensación de que se pasó la mitad del tiempo mirando a su madre y asegurándose de que no hiciera o dijera nada vergonzoso—. Es una locura. Me siento como una madre soltera que se preocupa por que sus hijos se encariñen con el novio. —Era la primera vez que salía con alguien que no creía en el matrimonio y se sentía fuera de su elemento.

Pero no podía romper con Adam. Podía decirse a sí misma que eso volvería a estropear las cosas con The Mansion; acababan de cogerles el tranquillo a sus reuniones y romper desharía todo el progreso que habían hecho, pero la verdad es que se estaba enamorando de él.

—Tus padres son adultos, saben que no todas las relaciones duran.

Olivia sabía que Stacy diría algo así y se preguntó si esa sería la razón por la que se había sincerado con ella la otra noche, porque quería una confirmación externa de que no tenía nada de malo estar con Adam.

—Tienes razón, seguramente me estoy preocupando por nada —respondió mientras saludaba con la mano al encargado del parking y conducía hacia el aparcamiento subterráneo.

—Quieres a tu familia.

De repente, Olivia se dio cuenta de que no había visto a Stacy desde que se unió al brunch familiar el mes anterior y se maldijo internamente por ser tan mala amiga. No quería ser una de esas mujeres que ignoraban a sus amigas en cuanto se echaban novio, pero era fácil perderse en Adam.

—¿Estás libre para cenar el miércoles?

—Mejor el jueves, tengo una reunión el miércoles.

—Me parece bien.

—Genial. He encontrado un restaurante libanés poco conocido que tiene un pollo buenísimo.

Olivia se rio mientras aparcaba en su plaza asignada.

—Si ni siquiera te gusta el pollo.

—¡Ya! Pero olí algo rico y le pregunté al camarero qué era. Me dijo que era el pollo y tuve que pedirlo.

—Estoy deseando probarlo. —Si Stacy decía que un restaurante era bueno, es que era increíble. Su amiga tenía muy buen gusto.

—Te mandaré un mensaje con los detalles.

Tras despedirse, Olivia agarró su maletín y se dirigió hacia los ascensores. Acababa de pasar por delante de la seguridad y estaba esperando el ascensor cuando le sonó el teléfono.

Vio el nombre de Kevin Mayer en la pantalla y frunció el ceño. Kevin era un franquiciado dueño del Crown Jewel, el hotel de Montgomery en Nueva Orleans. Normalmente concertaba una cita cuando quería hablar con ella.

—Buenos días, Kevin —dijo Olivia cuando cogió el teléfono, y se preparó para recibir malas noticias. A menos que hubieran ganado un premio, los dueños de franquicias muy rara vez se ponían en contacto con ella de la nada para darle buenas noticias.

—Lo siento de verdad, Olivia, pero le acabo de vender el hotel a Tierpoint Properties. Necesitaba el dinero para mis restaurantes.

A Olivia se le cerró el estómago cuando se abrieron las puertas del ascensor y buscó un lugar tranquilo donde terminar la conversación. Hacía tiempo que sabía que Kevin no lo estaba pasando bien económicamente.

Él había sido muy sincero sobre el hecho de que había tenido que frenar la expansión de su cadena de pollo frito e incluso cerrar algunos restaurantes a causa de la gran competencia que había. Por ello, ella había hecho lo que estaba en su mano para ayudar a minimizar el alcance de las reformas y que se ciñesen a su presupuesto lo máximo posible, pero no había supuesto ninguna diferencia. Ahorrar unos cuantos miles de dólares no ayudaba mucho cuando necesitabas millones.

—No pasa nada —le respondió, haciendo lo posible para que no se notase que estaba dolida. Cuando el dueño necesitaba dinero, no importaba que el hotel fuera rentable. Y, a fin de cuentas, tenían que hacer lo que era mejor para ellos.

Montgomery no tenía el derecho de hacer la primera oferta para el Crown Jewel, pero aun así dolía que él no les hubiera avisado antes de tomar esa decisión. Aunque lo más probable era que Tierpoint se hubiera puesto en contacto con él. Llevan tiempo añadiendo hoteles a su portafolio de forma agresiva y a menudo estaban dispuestos a pagar muy por encima del precio de mercado.

—Sé que no te está yendo muy bien —murmuró Olivia.

Ya que Tierpoint era una de las franquicias más grandes de Silver Stream, no era probable que continuasen con Montgomery, pero llamaría igualmente a los nuevos dueños al día siguiente para ver qué se podía hacer.

—Gracias por ser tan comprensiva. Agradezco mucho todo el trabajo que Montgomery y tú habéis hecho durante estos años. Enviaré la carta formal de la venta con todos los detalles más tarde. Espero que podamos volver a trabajar juntos en el futuro.

Olivia sacudió la cabeza sin decir nada cuando colgó el teléfono. No podía creerlo. Había pasado mucho tiempo trabajando en ese hotel, desde las reformas a la contratación de los directores, y, al final, la competencia se beneficiaría de todos sus esfuerzos.

Sabía que lo que había pasado se salía de su control. El hotel había sido un hobby para Kevin, de la misma forma que otros compraban caballos o yates, mientras que los restaurantes eran su pasión y la forma en la que había amasado su fortuna. Era natural que fuesen su prioridad, pero la realidad dolía y no podía evitar pensar que nada de eso habría sucedido si ella tuviera su propia línea de hoteles.

Como los hoteles serían propiedad de Montgomery, no tendría que lidiar con los caprichos de dueños de franquicias o sus recesos en otros negocios. Con los franquiciados, podías hacerlo todo bien y aun así salir perdiendo, y se dio cuenta de que no podía perder el enfoque en su hotel de Yosemite. Por fin había encontrado un proyecto con el que su padre conectaba. No podía dejar que fracasase.

# CAPÍTULO DIECISIETE

Adam tragó saliva mientras Olivia lamía un poco del queso de untar que le había manchado el dedo. Era demasiado fácil imaginarse esos labios y esa boca sobre él. Ella le dio un mordisco a su *bagel* y él se obligó a concentrarse en su desayuno.

—Estaba pensando que podríamos ir a la playa —dijo él atacando su tortilla francesa. Era sábado por la mañana y, aunque le encantaría pasarse todo el día en la cama con ella, no quería que pensase que la quería solo para eso —. Podríamos hacer kayak, paddle board o pasear por la orilla… —Martha tenía una casa en los Hamptons en la que guardaba todo el equipamiento para practicar cualquier deporte acuático existente. Su hermana era la personificación de la expresión «trabaja duro y diviértete».

—Lo siento. Te lo iba a decir anoche, pero hoy tengo que trabajar. Con todo lo que ha pasado con The Mansion, se me han acumulado mis tareas habituales.

Mierda. Tenía muchas ganas de pasar el día con ella,

pero lo entendía. Entre el director actual de The Mansion intentando sacarles todo lo posible en el trato y los arrendatarios causando problemas, parecía que siempre iba algo mal. Incluso habían tenido que aumentar sus reuniones a dos a la semana para poder lidiar con todo lo que estaba pasando.

Las obligaciones de Olivia con The Mansion eran un trabajo totalmente distinto y se preguntaba por qué Victor no había reasignado más de sus tareas. ¿Pensaba que iba a fallar o era una especie de prueba para que ella demostrase lo que valía antes de darle más responsabilidades? Adam supuso que la segunda opción era la correcta porque, desde luego, estaba cualificada. Podía ser perfeccionista a veces, pero eso era algo bueno en esa clase de trabajo.

—Podrías trabajar aquí. —Adam se sorprendió a sí mismo diciendo eso. No importaba dónde estuviesen, él quería estar con ella.

—Ya sabes que cuando estamos en casa del otro apenas conseguimos hacer nada. Eres una distracción demasiado grande.

—¿Yo, una distracción? Tú eres la que se pasea llevando solo una camisa mientras intento responder a mis correos. —No es que le importase, le encantaba verla con sus camisas puestas.

—Oye, eres tú el que me quita la ropa minutos después de verme. Y yo no soy la que va por ahí sin camiseta.

Él sonrió. Le encantaba coquetear con ella y disfrutaba especialmente cuando ella no podía quitarle las manos de encima. Pero Olivia tenía trabajo y, si era sincero, él también. Aunque su equipo tenía las cosas bastante bien controladas, normalmente a esas alturas ya estaba buscando localizaciones para su próximo complejo.

Desde que empezó a salir con Olivia, no había buscado tanto. Podía decirse a sí mismo que era porque tenía el dinero atado con el Plex y The Mansion y no quería correr más riesgos al pedir aún más prestado, pero la pura verdad era que prefería pasar su tiempo libre con Olivia en lugar de investigando posibles urbanizaciones nuevas.

Admitir eso debería asustarle, pero, en lugar de eso, se preguntaba por qué siempre era tan exigente consigo mismo. Francamente, se merecía ese descanso con Olivia, y decidió que disfrutaría su tiempo con ella y ya se preocuparía de expandir sus negocios más adelante.

—¿Qué te parece esto? Tú puedes trabajar en mi despacho hoy y cerrar la puerta con llave mientras yo trabajo en el salón. Te prometo que no te molestaré hasta que salgas. —Sería difícil mantenerse alejado de ella, pero lo haría.

Ella entrecerró los ojos.

—¿Tú también vas a trabajar?

Teniendo en cuenta que, antes de conocerla, se pasaba la mayoría de su tiempo libre trabajando, su sospecha le pareció irónica. Probablemente pensase que era un casanova y, aunque en el pasado mucha gente lo habría considerado uno, había madurado con los años.

—Sí —murmuró—. Tengo que mirar una propuesta y otras cosas.

—Vale —respondió ella y él sintió que lo embargaba el alivio.

Se quedaba.

* * *

Adam estaba revisando los planes de relaciones públicas para la gran apertura del Plex cuando Olivia entró en el salón.

—Es casi la hora de cenar —dijo—. ¿Quieres que pida algo?

—Sí. ¿Qué te apetece?

—¿Qué te parece algo de comida mediterránea? —le preguntó ella mientras se sentaba en su regazo y lo rodeaba con los brazos.

—Suena bien. —Él le dio un breve beso—. ¿Has podido hacer todo lo que querías? —Quitando el rato que habían estado desayunando y comiendo juntos, Olivia se había pasado el día encerrada en su despacho.

—Más o menos, pero siempre sobreestimo la cantidad de cosas que puedo hacer. ¿Y tú?

—He avanzado bastante con los correos que tenía pendientes. —Aunque había echado de menos su compañía, se alegraba de haber podido ponerse al día con algunas cosas.

Uno de sus administradores de propiedades le había escrito en un correo que uno de sus arrendatarios no podía pagar el alquiler. Esa pequeña información había quedado enterrada bajo otras cosas que se estaban desarrollando y, si no fuera porque Olivia había decidido quedarse trabajando hoy, estaba seguro de que no lo habría visto a tiempo. Como Nick's Dry Cleaning era uno de sus arrendatarios más antiguos, llamó inmediatamente a su administrador. Le haría una rebaja temporal en el alquiler, pero tendría que reconsiderar la situación si continuaban los problemas.

Su padre lo habría llamado tonto.

Ya les estaba ofreciendo un gran descuento en el alquiler y ahora iba a reducirlo aún más de forma temporal para uno de ellos, pero era un lujo que podía permitirse. Ya que era el único propietario de AC Developments, no tenía que preocuparse de dar parte a los inversores o mejorar el resultado final.

Olivia bajó la mirada y él se dio cuenta de que aún llevaba puestas sus gafas de trabajar con el ordenador. Avergonzado, se las quitó.

—¿Por qué nunca antes te había visto con gafas?

Porque había evitado ponérselas delante de ella. Nunca había pensado mucho en ello, pero ahora cuidaba su aspecto cuando estaba con ella. Era una estupidez, pero no podía evitarlo.

—Las llevo solo cuando tengo que usar el ordenador —explicó. Normalmente se perdía tanto en la investigación que se le cansaban los ojos de mirar tanto la pantalla.

—Es bueno que nunca te las hayas puesto para las reuniones. No podría hacer nada de ser así.

—¿Eh?

Ella asintió.

—Ya me distraes bastante tal y como eres, verte con gafas me deja la mente hecha papilla.

Tenía que ser una broma. Esas gafas no eran sexis. Pero, visto así, él tampoco pensaba que sus brazos lo fueran y la había pillado mirándolos varias veces. Cogió las gafas y volvió a ponérselas.

—Entonces, ¿estás diciendo que con ellas soy irresistible?

—Ajá —respondió ella mientras trazaba pequeños círculos en la nuca de Adam—. No pasa nada si te las pones cuando no estés usando el ordenador, ¿no?

Las caricias de Olivia hicieron que su cerebro cortocircuitase y tuvo que pensar antes de responder.

—No. Son solo para bloquear el brillo, así que no pasa nada.

Los labios de Olivia se curvaron en una sonrisa sensual.

—Bien —murmuró antes de inclinarse para besarlo.

Le invadió su sabor cuando sus lenguas se unieron. Olivia le mordió el labio con suavidad y él gimió y se levantó con las piernas de ella aún alrededor de su cintura. Una cama. Necesitaba una cama para todas las cosas que quería hacerle.

Las manos de Olivia recorrieron su espalda con avidez y ella intensificó el beso. A él le faltó tiempo para ir a su habitación. Encendió las luces al entrar y dejó a Olivia sobre la cama. Le quitó la camisa rápidamente para revelar sus magníficos pechos. Gimiendo, se metió uno en la boca y agarró el otro con la mano, lamiendo y acariciando los pezones con deleite.

Ella gimió su nombre y le clavó las uñas en la espalda. Él le soltó el pezón y cubrió su estómago de besos mientras exploraba su cuerpo con las manos. Le desabrochó los pantalones y se los quitó junto con las braguitas negras.

Cuando le abrió las piernas y vio los pliegues húmedos, la excitación lo golpeó de lleno. Siempre estaba lista para él. Bajó la boca y la sintió temblar mientras se la comía. Con una sonrisa, se tomó su tiempo, lamiendo y mordisqueando y disfrutando del sonido de sus gemidos.

Ella gritó su nombre cuando se corrió. Él le agarró las piernas con más fuerza y continuó. No paró hasta que ella se volvió a correr. Entonces, bajó el ritmo mientras ella se calmaba y luego paró para levantar la mirada.

Los ojos seductores de ella le devolvieron la mirada y él sonrió.

—¿No te alegras de haber decidido quedarte?

—Aún me lo estoy pensado —le provocó ella.

—Entonces será mejor que me dé prisa. —Se puso de pie y ella rio.

Él se quitó la ropa, disfrutando la forma en la que ella lo miraba con sus ojos oscuros. Ella parecía tan fascinada con su cuerpo como él lo estaba con el suyo y eso le encantaba. Volvió a la cama, se arrastró hacia los brazos abiertos de ella y la besó. La penetró y gimió al sentir cómo lo envolvía su calor. Cuando se trataba de ella, nunca era suficiente.

A medida que se movían el uno contra el otro, el placer aumentaba hasta unos niveles increíbles. Con los dientes apretados, continuó penetrándola, pero, cuando la sintió correrse, la sensación se volvió demasiado abrumadora: ella contrayéndose a su alrededor, volviéndolo loco son sus gemidos… Él la siguió, vaciándose dentro de ella hasta que no pudo más.

Se dejó caer a su lado, la rodeó con sus brazos y sintió una completa satisfacción. La vida era bella. Lo único que podía mejorarla sería que Olivia no se fuera nunca. Estaba a punto de pedirle que se mudase con él cuando cayó en la cuenta.

¿Qué coño estaba haciendo?

Vale, el sexo era increíble y le encantaba pasar tiempo con ella, pero ¿pedirle que vivieran juntos? Ese era el primer paso hacia sentar la cabeza y no pensaba ir por ahí.

Deseó poder decirse a sí mismo que era producto de lo a gusto que estaba, pero sabía que se estaría mintiendo. Cuanto más tiempo pasaba con ella, más quería. Al principio, solo quería pasar con ella las noches. Ahora, unos meses después, quería pasar con ella todo el día. Aún recordaba lo mucho que se había decepcionado cuando ella dijo que quería irse a casa a trabajar esa mañana y el alivio que había sentido cuando cambió de idea. En algún punto, su felicidad había empezado a depender de ella, y eso le daba un miedo tremendo.

¿Habría empezado así la relación de sus padres?

Nunca había podido entender la forma en la que se dejaban herir por el otro, pero, si la parte buena era así de buena, quizá la parte mala mereciese la pena. No quería que nadie tuviera ese poder sobre él, así que supo que tenía que distanciarse antes de que Olivia fuera aún más importante para él.

Porque de ningún modo iba a terminar como sus padres.

# CAPÍTULO DIECIOCHO

—Strength Fitness nos ha preguntado por lo de permitir el acceso de nuestros huéspedes a su gimnasio —les dijo Olivia a todos los que estaban sentados a la mesa de la sala de reuniones dos semanas después, mientras pasaba al siguiente punto de su lista.

Había planeado dejar ese punto en concreto para el final de la reunión, pero Ricky había propuesto la idea de añadir un restaurante en el último piso del hotel, lo cual reduciría el tamaño del espacio para reuniones que tenían planeado. No le hacía especial gracia la idea de usar un gimnasio externo, pero eso les permitiría añadir otro restaurante sin comprometer el espacio para las reuniones. Además, era su obligación avisar a sus socios de oportunidades como esa.

—He incluido sus planes para el gimnasio en la carpeta. Van a abrir una sede al final de la calle —continuó mientras los demás miraban los papeles—. No tendría acceso directo al hotel, pero nos permitiría tener más espacios que generasen beneficios y los huéspedes podrían usar la piscina del gimnasio.

—¿Tiene Montgomery algún trato con gimnasios en vuestros otros hoteles? —preguntó Adam levantando la mirada.

Por lo que parecía la enésima vez ese día, Olivia intentó ver si había algo distinto en la forma en la que Adam la trataba. No lo había visto mucho en las dos últimas semanas a causa de su «apretada agenda» y no podía evitar preguntarse si estaría poniendo excusas para evitarla.

No vio nada inusual y contestó.

—Solo en San Francisco, pero Razor Guilt se construyó dentro del hotel, por lo que es cómodo para nuestros huéspedes.

Quizá Adam ya no estuviera interesado en ella. Desde luego, eso explicaría que estuviera ocupado todo el tiempo. Le dolió el pecho al pensar en esa posibilidad. Mientras que ella cada vez se enamoraba más, parecía que él se estaba cansando de ella.

—Y crees que tener que salir del hotel es incómodo para los huéspedes —dijo Adam.

Olivia asintió.

—Pues sí. Tendrían que salir con la ropa de deporte puesta o llevar algo para cambiarse, pero creo que la piscina de Strength es algo que merece la pena considerar.

Sabía que, para algunos, el acceso a una piscina era un factor decisivo, pero no había espacio para una en The Mansion. Con suerte, podrían llegar a un acuerdo con Strength que permitiera a sus huéspedes usar la piscina del gimnasio.

—Vale. Mira a ver qué puedes hacer.

Ella asintió y se giró hacia Ricky.

—Y hablaré con Seth para ver qué podemos hacer con el restaurante.

Tras eso, se pudieron a repasar la lista de requisitos de mantenimiento de Prism y sus recomendaciones para ellos.

Cuando terminó la reunión, Olivia se giró para hablar con Adam, pero él ya se encontraba hablando con Ricky. Como no sabía cómo de larga iba a ser la conversación o si era privada, se dirigió a su despacho.

Probablemente se estuviera preocupando por nada. Sí, no había visto mucho a Adam últimamente, pero las pocas veces que habían estado juntos él había sido tan atento como siempre. Suspiró. Antes, ella se pasaba todo el tiempo trabajando, y ahora parecía que lo único que podía hacer era pensar en él. Quizá debería seguir el ejemplo de Adam y empezar a concentrarse en el trabajo ella también.

Acababa de encender el ordenador cuando escuchó la voz de Adam.

—Entonces, ¿te veo luego?

Le dio un vuelco el corazón al levantar la mirada y verlo en su puerta. La calidez de su sonrisa calmó todas sus preocupaciones. Era verdad que solo había estado ocupado.

—Eso es lo que tenía en mente.

—¿Te apetece lasaña y pollo?

Ella rio.

—Más me vale. Seguro que Cynthia ya lo está preparando —contestó, refiriéndose a la cocinera de Adam—. Además, todo lo que cocina está divino.

—Le haré saber que has dicho eso —dijo él con un brillo en los ojos y así, de la nada, ella quiso besarle.

A menudo se arrepentía de su acuerdo de ocultar la relación en la oficina, sobre todo en momentos como ese. ¿Por qué tenía que estar tan guapo con traje?

—Bueno, tengo que irme —dijo él soltando la puerta—. Ricky me está esperando.

—Nos vemos esta noche.

—No te molestes en cambiarte. Tengo planes para ese vestido. —La frase la cogió por sorpresa, pero, antes de que pudiera responder, él sonrió y se fue.

* * *

Adam se sintió lleno de satisfacción al leer el informe de Javier sobre el Plex. El cine y algunas de las tiendas habían abierto antes de la gran inauguración y, a pesar de algunos contratiempos, las cosas estaban yendo tan bien que uno de sus parkings estaba casi lleno. Era demasiado pronto para decir que el proyecto era un éxito, pero desde luego había empezado bien.

Su equipo había estado a la altura del reto, en especial con todos los problemas y retrasos que habían surgido, y no podía estar más orgulloso de ellos. Muchos de sus empleados llevaban con él desde que empezó y era increíble verlos crecer.

Pensó en su primera asistente, Sylvia Lee, que por teléfono había sido dura como una roca, pero tímida en persona cuando empezó a trabajar para él. Con los años, había ido ganando cada vez más confianza en sí misma y ahora estaba al mando de su equipo de relaciones públicas. Javier había empezado como becario y, ahora, dirigía los nuevos proyectos. Y había muchos más como ellos.

Adam a menudo les daba a sus empleados pagas extra de Navidad adelantadas, pero quería hacer algo más para recompensar a aquellos que llevaban mucho tiempo a su lado. Recordó vagamente que su contable había hablado de reparto de beneficios un tiempo atrás y decidió que lo estudiaría después de la gran inauguración.

Sonrió al recordar la última vez que había ido a Houston. Había viajado a Texas cientos de veces, pero la presencia de Olivia convirtió ese viaje en uno que jamás olvidaría. Se lo había pasado genial robándole besos y enseñándole con orgullo su trabajo y, en ese momento, se dio cuenta de que quería que ella estuviera en la gran inauguración. No solo eso, estaría en Houston las dos semanas siguientes y no quería pasar tanto tiempo sin verla.

Sabía que a ella no le sería posible estar ausente durante toda la semana, pero no le importaría ir y volver en avión una vez más si eso significaba que ella podría ir. No la había visto mucho durante las últimas semanas, aunque era su culpa. Le había dado miedo lo mucho que estaba empezando a depender de ella y se había distanciado.

Pero, a fin de cuentas, él se lo había perdido. Todo ese tiempo que se pasó echándola de menos pudo haber sido tiempo compartido con ella. Una vez tomada la decisión de invitarla, cogió el móvil.

—Hola, Adam —lo saludó Olivia con voz alegre.

—Hola, Olivia. ¿Qué te parecería ir otra vez conmigo a Houston dentro de dos semanas para la gran inauguración?

Se produjo una pausa antes de que ella contestase.

—Lo siento, tengo que ponerme al día con un montón de trabajo.

A él lo invadió la decepción, pero lo entendió. El trabajo no desaparecía solo porque estuvieras saliendo con alguien. Y, aunque admiraba su dedicación, no pudo evitar sentirse celoso de su trabajo. Tenía muchas ganas de enseñarle el complejo cuando estuviera lleno de gente. Sacudió la cabeza. ¿Cuándo se había vuelto tan presumido? Desde luego, Olivia le estaba provocando cosas raras.

—¿Y esta noche? —le preguntó—. ¿Quieres ir a Il Tarzano?

—Me encantaría, pero de verdad que tengo mucho trabajo. ¿Qué tal mañana?

—Vale. Te recogeré a las seis.

Adam frunció el ceño al colgar el teléfono unos minutos después. Aunque él se había distanciado durante las últimas semanas, Olivia nunca se había quejado, y se dio cuenta de lo mucho que le molestaba eso. Suponía que una pequeña parte de él se había esperado que ella fuera más demandante, que le pidiera dedicarle más tiempo a su relación. Pero, en lugar de eso, siempre había sido comprensiva y había dicho que ella también tenía trabajo.

Y, aunque él sabía que era cierto, su instinto le decía que había algo más, que estaba pasando algo por alto. ¿Era posible que a ella le diese igual verlo o no?

El corazón le dio un vuelco al pensarlo. Eso explicaría por qué ella nunca se quejaba de sus horarios o su ausencia. Antes pasaban la mayoría de las noches juntos y ahora solo se veían una o dos veces a la semana. Aun así, ella no decía nada.

Le dolió pensar que ella no sentía esa conexión. Por supuesto, él sabía que esa relación terminaría en algún momento, pero aún no estaba preparado. Parecía que acababan de empezar y, a veces, tenía la extraña sensación de que nunca se cansaría de ella. Mierda. Esperaba equivocarse y que ella solo estuviera ocupada, porque no sabía qué haría si ella decidía dejarlo.

# CAPÍTULO DIECINUEVE

Olivia miró sus cálculos con el ceño fruncido. Había reunido los datos financieros de unos cuantos hoteles que Montgomery había adquirido para ver si los negocios habían mejorado una vez reabrieron con la firma Montgomery y, si era así, por cuánto.

Tenía la esperanza de poder usar las cifras para estimar cómo le iría a The Mansion tras la reforma. Era fácil ver que el negocio (en cuanto a beneficios y tasa de ocupación) había mejorado de forma generalizada en todos los hoteles, pero, aparte de eso, las cifras estaban desperdigadas. La tasa de ocupación había crecido de forma generalizada en todos los hoteles y la disparidad de ingresos era aún mayor.

¿Cómo narices iba a poder decidir qué cifras usar para las estimaciones de The Mansion? Empezó a rehacer los cálculos, preguntándose si se habría equivocado en algo.

Iba a reunirse con uno de los contables de Montgomery al día siguiente para revisar las cifras que no entendiese y quería aprovechar bien el tiempo. Aún quedaban unos meses para que Seth finalizase sus diseños y su padre espere un presupuesto terminado junto con las proyecciones, pero, como las finanzas nunca se le habían dado especialmente bien, tenía que empezar a prepararse ya.

Porque, ahora que estaba al mando, era ella quien debía dar las respuestas. Le dio vueltas la cabeza al pensarlo. Ya lo estaba pasando mal estimando la tasa de ocupación, no quería ni imaginarse cómo se manejaría con el cálculo del flujo en efectivo.

Llamaron al timbre. Pensando que sería Adam, sonrió antes de recordar que le había dicho que iba a estar trabajando. Con el ceño fruncido, comprobó su teléfono y vio que William Yates estaba en la puerta.

—Un segundo —le dijo a su ex a través de la app que estaba conectada a la cámara del telefonillo.

Se levantó preguntándose qué querría William y se dirigió a la puerta. La abrió y le pilló cambiando el peso de un pie a otro, como si no estuviera seguro de ser bien recibido.

Ella sonrió para tranquilizarlo.

—Hola, William —le dijo dándole un abrazo—. Hacía mucho que no te veía. —Habían sido amigos antes de empezar a salir y, aunque no habían tenido la ruptura más amistosa del mundo, esperaba que el tiempo hubiera paliado cualquier sentimiento negativo entre ellos.

—Hola, Olivia —contestó él estrechándole la mano. Dio un paso hacia atrás para mirarla—. Guau, estás increíble.

—Gracias, tú también tienes muy buen aspecto.

Hubo una pausa incómoda antes de que él le hiciera un gesto con la cabeza.

—¿Podemos hablar dentro?

A Olivia le picó la curiosidad. Aparte de esa etapa incómoda en la que él le había insistido mucho para que volvieran y las pocas veces que se habían encontrado por casualidad, no habían compartido nada más que el mensaje de «Feliz Navidad» o «Feliz cumpleaños» desde que rompieron hacía más de cinco años.

—Claro. ¿Quieres beber algo?

—No, gracias —respondió él entrando en la casa—. No sé cómo decir esto, así que voy a ir directo al grano. Estoy comprometido.

Su anuncio la pilló por sorpresa. En la universidad había sido muy fiestero, así que supuso que siempre se había esperado sentar la cabeza antes que él. En cambio, estaba saliendo con alguien que no creía en el matrimonio. Apartó ese pensamiento y volvió a abrazar a William.

—¡Enhorabuena! ¿Quién es la afortunada?

—Penelope Hunter.

—¿Es familia de Charlie Hunter? —preguntó ella, refiriéndose a su antiguo compañero de clase.

—Su hermana. La prensa se enterará pronto, pero pensé que debías saberlo.

No le dolía la noticia, pero apreciaba que él hubiera sido tan considerado con sus sentimientos.

—Gracias por contármelo.

Él se sentó en el sofá con el ceño fruncido.

—¿Sabes? Siempre pensé que terminaríamos casándonos.

Ella también lo había pensado años atrás, como la mayoría de los adolescentes con su primer amor, probablemente. En aquel momento, parecía que todo iba a durar para siempre.

—Éramos muy jóvenes cuando empezamos a salir —dijo ella sentándose junto a él—. Habría estado feo pensar que no íbamos a durar. —Pero ni siquiera llegaron hasta el segundo año de universidad.

Aún recordaba el alivio que sintió cuando él la dejó. Por entonces, él había sido como una carga, otra responsabilidad con la que ella tenía que lidiar además del trabajo académico sin fin. Él quería salir de fiesta casi cada noche mientras que ella ni siquiera podía llevar al día los deberes. No conseguían entenderse, lo cual se tradujo en peleas constantes. Era todo lo contrario a Adam, quien incluso la había dejado trabajar en su despacho.

—Aún me arrepiento de cómo terminaron las cosas entre nosotros —dijo William.

—Todo fue para mejor. Tú vas a casarte y yo tengo un novio increíble.

—¿Estás saliendo con alguien?

Ella sonrió y asintió con la cabeza.

—Sí, estoy…

—¡Olivia! —La voz de Adam retumbó fuera y sonaron tres golpes en su puerta —. ¡Abre esta puerta ahora mismo!

* * *

Adam lo veía todo rojo mientras golpeaba la puerta de Olivia. Lo invadieron los pensamientos sobre ella con ese hombre que había entrado en su casa y gritó:

—¡Abre esta puerta ahora mismo!

Puede que hubieran terminado, pero ¡ni de coña iba a dejar que se acostase con ese hombre delante de sus narices!

No era raro que ella nunca se quejase de que él trabajaba mucho: ya le había buscado un sustituto. Se había llamado loco a sí mismo cuando había aparcado al final de la calle de Olivia un rato antes, había pensado que era un tonto por no confiar en ella, pero sabía que algo iba mal y decidió apostarse junto a su casa de todas formas. No llevaba allí ni media hora cuando apareció ese hombre.

Estaba a punto de golpear la puerta otra vez cuando esta se abrió.

—Adam, ¿va todo bien? —le preguntó Olivia como si no pasase nada.

—¿Que si va todo bien? ¿Me das plantón para estar con él? —preguntó Adam haciendo un gesto hacia el hombre que estaba detrás de ella. Y pensar que la había creído cuando dijo que tenía trabajo…

Ella frunció el ceño.

—William ha venido por sorpresa.

Sí, ya, y por eso ella se había puesto tan contenta de verlo. Aún tenía grabada al rojo vivo la imagen de Olivia abrazando a ese hombre y eso le revolvía el estómago.

—Em, hola —dijo el hombre en cuestión tendiéndole la mano. Adam lo ignoró y entró en la casa. No iba a estrecharle la mano al tío con el que Olivia se veía a sus espaldas—. Soy William Yates. Me he pasado por aquí para contarle a Olivia una noticia personal.

—Se va a casar —dijo Olivia. William la miró y ella se encogió de hombros—. ¿Qué? Has dicho que se va a anunciar y Adam no va a contarlo por ahí. —Tras un momento, suspiró—. Vale —dijo volviéndose hacia Adam—. No se lo cuentes a nadie. Aún no ha llegado a oídos de la prensa.

Adam estaba demasiado enfadado para responder. No podía creerse que Olivia se estuviera inventando mentiras en lugar de admitir la verdad. ¿Acaso pensaba que podía seguir viéndose con los dos?

—¿Te parecería bien que invitase a tus padres? —preguntó William, continuando con la farsa, y Olivia sonrió.

—Estoy segura de que a mamá le gustaría.

William inclinó sutilmente la cabeza en dirección de Adam, como preguntando si era seguro dejarla a solas con él, mientras miraba a Olivia inquisitivamente, lo cual le enfureció aún más. Nunca había sido un hombre violento, pero en ese momento quería hacer papilla a William.

Olivia asintió.

—Te agradezco mucho que me lo hayas contado.

—Muy bien. Ya nos veremos. —Miró a Adam con el ceño fruncido y se fue.

Olivia cerró la puerta con llave y se volvió hacia Adam.

—Creías que te estaba poniendo los cuernos, ¿no?

—¿Es que vas a negarlo?

Ella apretó los labios. Parecía que iba a decir algo, pero negó con la cabeza y abrió la puerta.

—Creo que es mejor que tú también te vayas.

—¿Para que William pueda volver? ¿Crees que soy tonto?

Se quedaría toda la noche si era necesario. No era racional intentar separarlos, pero no podía soportar la idea de que Olivia estuviera con otra persona ahora mismo. Ellos tenían algo especial (o eso había pensado él) y esos sentimientos no iban a desaparecer de repente porque ella estuviera viéndose con otro a sus espaldas.

—Mucho, si piensas que te estoy poniendo los cuernos. —Ella cerró la puerta y sacudió la cabeza—. Nunca, en toda mi vida, he engañado a nadie. ¿Cómo puedes pensar eso? Nunca te he dado razones para que sospechases de mí. Aún no me puedo… Espera, ¿alguna vez te han puesto los cuernos?

—Nunca he…

Paró al darse cuenta de que iba a decir que nunca había tenido una relación lo suficientemente larga como para que le engañasen. Quedaría como un tonto si le decía la verdad: que, antes de conocerla, ninguna de sus relaciones había durado más de un fin de semana.

—Nunca me han engañado —afirmó.

—Y aun así piensas que yo lo estoy haciendo. —Hizo un gesto hacia él—. Supongo que eso significa que tú me estás engañando a mí, porque normalmente el acusador es el infiel. Por eso has estado tan «ocupado» últimamente —dijo ella haciendo comillas con los dedos.

—He estado ocupado de verdad —respondió él, aunque sabía que podría haber sacado tiempo para ella.

Le había dado miedo cómo ella lo hacía sentir y se había alejado. Y había sido una decisión acertada, aun si su justificación para ello había ido desencaminada. Sacudió la cabeza para sus adentros. ¿Cuánto tiempo llevaba engañándolo? ¿Cómo no se había dado cuenta?

—Y no le des la vuelta a la tortilla —continúo él—. Eres tú la que ha dicho que estabas ocupada cuando en realidad te ibas a ver con alguien.

—Ya te lo he dicho, William apareció sin previo aviso para decirme que se va a casar.

—¿Y no podía habértelo dicho por teléfono o por mensaje? ¿Por qué tenía que hacerlo en persona?

—Porque estaba siendo considerado y no quería que me enterase por terceras personas. Fuimos novios.

Adam apretó la mandíbula al recordar cómo la había mirado William. Era obvio que aún seguía interesado en ella.

—¿Cuánto tiempo?

Ella se cruzó de brazos.

—Casi cuatro años, desde el instituto a la universidad.

—¿Y tú qué querías? ¿Volver con él? —Porque ¿qué otra razón tenía él para tener que avisarla de que se iba a casar? Adam se maldijo para sus adentros. ¿Por qué seguía siquiera escuchando sus mentiras?

Olivia lo tenía comiendo de su mano de una manera que hacía que él quisiera creerla. Le daba miedo perderla y estaba desesperado por aferrarse a cualquier explicación para lo que había visto y así poder continuar viéndola. Tonto de él.

Ella entrecerró los ojos.

—No, pero ya sabes cómo son las cosas con el primer amor. Siempre va a haber una conexión, un cierto cariño, aunque ya no sea amor.

Ignoró la idea de que ella tuviera una conexión con William. Le parecía algo aberrante.

—Dijiste que ibas a trabajar esta noche.

—¡Y es lo que estaba haciendo antes de que él decidiera venir! —Hizo un gesto a la mesa del comedor, sobre la que había pilas de informes alrededor de un portátil abierto—. ¿Por qué has venido, de todas formas? —Hubo un silencio—. Espera un momento… ¿Estabas vigilando mi casa? —alzó la voz, incrédula—. ¿Me estabas espiando? ¡No puedo creerlo! ¿Qué he hecho yo para hacerte pensar que te estoy engañando?

Él iba a negarlo, pero se dio cuenta de que no tenía por qué. Teniendo en cuenta que había encontrado un hombre en su casa, no tenía que sentirse culpable por nada. Había tenido razón en sus sospechas.

—Me has estado evitando.

—Y por eso, tú… —Olivia sacudió la cabeza—. No puedo con esto. Vete.

Él apretó la mandíbula. ¿Quería que se fuera? Muy bien, se iría. No se quedaría ahí escuchando sus mentiras y rezando para que le estuviera diciendo la verdad. Sin mediar palabra, se dio la vuelta y se fue. Habían terminado.

Olivia cerró la puerta y gritó de la frustración. ¡Agh! ¡No se podía creer que hubiera tenido el valor de hacer eso! ¿Pensaba que le estaba poniendo los cuernos solo porque había decidido dedicar más de su tiempo libre al trabajo?

Solo había estado haciendo lo mismo que él. Él había estado ocupado con el trabajo durante las últimas semanas y ella había aprovechado la oportunidad para ponerse al día con el suyo porque, independientemente de lo diferente que hubiera actuado estos meses, su vida no giraba en torno a él. Que de repente él estuviera libre no significaba que ella tuviera que dejar todo lo que estuviera haciendo. Entendería que estuviera decepcionado, pero ¿espiarla y asumir automáticamente que le estaba engañando?

¿Cómo podía alguien que le importaba tanto pensar tan mal de ella?

Habían terminado definitivamente. Incluso si él se disculpaba, ¿qué clase de relación podían tener si él ni siquiera confiaba en ella? Le dolió el pecho al pensarlo.

En el fondo, había sabido que esa relación estaba condenada desde el principio: él no creía en el matrimonio ni en tener hijos mientras que ella deseaba todo eso, pero había ignorado las alarmas porque quería estar con él y ahora la realidad estaba asomando su fea cabeza. La culpa había sido solo suya.

Parpadeó para contener las lágrimas, pero no pudo impedir que estas cayeran. Debería estar contenta de haberse librado de Adam después de lo mal que la había tratado, pero no lo estaba. Quería que volviera y le dijese que todo había sido un gran malentendido, que él nunca creería que ella pudiera engañarle. Supo que eso no iba a pasar y sollozó más fuerte.

Cuando se le acabaron las lágrimas, fue a lavarse la cara. Mientras se secaba con una toalla, pensó en las consecuencias que tendría su ruptura. Tal y como Adam la había mirado, dudaba que le fuera a dejar quedarse en el proyecto y, desafortunadamente, él tenía la última palabra porque era mayoría.

Dimitir sería mejor para su orgullo a que la despidieran, pero no pensaba dimitir del hotel de su abuelo. No. Si Adam no la quería allí, tendría que despedirla él mismo.

Solo esperaba que se guardase sus acusaciones. Su padre la defendería sin duda si Adam la acusaba de ser infiel, lo cual podría provocar que este se retirase del trato, y no quería ser la razón por la cual su padre perdiese otro hotel en Manhattan, en especial si se trataba de The Mansion.

Gimió. Nunca debería haberse enredado con Adam.

# CAPÍTULO VEINTE

A la mañana siguiente, temprano, Adam corría en la cinta impulsado por la ira. De acuerdo, él sabía que su relación con Olivia no duraría para siempre, pero nunca pensó que ella le fuera a poner los cuernos. Siempre estaba hablando de lo importantes que eran la familia y la lealtad y, mientras tanto ¡lo había estado engañando a sus espaldas!

Ella no era como él pensaba y lo más inteligente por su parte sería olvidarla.

Era más fácil decirlo que hacerlo.

Parecía que no le importaba que fuera infiel, lo único en lo que podía pensar en ese momento era lo mucho que la echaba de menos. Había intentado decirse a sí mismo que solo era una mujer más de tantas, pero sabía que se estaba mintiendo.

Si fuera como las otras, no le estaría costando tanto concentrarse en el trabajo o dormir. En lugar de eso, su traición le impedía dormir y le hacía sentir una extraña mezcla de emociones que lo dejaban con ganas de maldecirla y hacerle el amor. Se daba asco a sí mismo, así que había ido al gimnasio con la esperanza de canalizar su ira.

Pero no estaba funcionando. Acababa de correr seis kilómetros y seguía furioso.

No podía creerse cómo había intentado mentirle a la cara. Ni siquiera sus padres hacían eso. No. Le restregaban por la cara sus deslices al otro para dar donde más dolía, pero Olivia ni siquiera lo había admitido.

Frunció el ceño al pensarlo.

A juzgar por lo de la noche anterior, supuso que Olivia no había querido que él se enterase de lo de William. Entonces, si su intención no era hacerle daño con eso, ¿por qué le había sido infiel?

¿Podría tener algo que ver con The Mansion?

O, peor, ¿habría estado con él solo por el hotel? Se le revolvió el estómago al pensarlo. Nunca antes se había sentido así y resultaba que ella solo había estado con él por cuestiones de negocios... No, no iba a pensarlo siquiera.

«¿Pero y si ella le había dicho la verdad?»

Descartó ese pensamiento que le llevaba rondando la cabeza desde que se fue de su casa. El hecho de que quisiera creer sus mentiras no las convertía en verdades. Como mucho, sus ganas de creerla solo demostraban lo mucho que ella le importaba. Él quería continuar con esa farsa de relación porque la idea de no volver a tenerla entre sus brazos le hacía sentir un vacío que era imposible de soportar.

Era ridículo. Debería estar agradecido de haberse dado cuenta de la clase de persona que era antes de llegar aún más lejos, pero lo único en lo que podía pensar era lo mucho que la echaba de menos.

«Nunca, en toda mi vida, he engañado a nadie».

Las palabras que Olivia dijo la noche anterior se hicieron eco en su cabeza y, curiosamente, se dio cuenta de que la creía. Le bajó la velocidad a la cinta mientras se permitía pensar sobre lo que había visto.

Ella había abierto la puerta y abrazado a William sin vacilar. Él estaba demasiado lejos para ver si se habían besado o no, pero, cuando ella le abrió la puerta, no tenía el pintalabios corrido ni la ropa arrugada…

«¿Era posible que solo hubieran estado hablando?».

Quizá, pero, a juzgar por la forma en la que William había mirado a Olivia, él quería retomar la relación. Por suerte, Olivia no le había mirado a él de ninguna forma en particular. A Adam seguía sin gustarle la familiaridad entre ellos, pero no iba a dejar que un exnovio le asustase.

Sintió un alivio en el pecho al darse cuenta de que iba a volver a por ella. A juzgar por cómo había actuado, puede que Olivia no lo recibiese, pero tenía que intentarlo. Además, según ella había dicho, tarde o temprano se enteraría de si William estaba comprometido de verdad.

A Olivia la invadió la ansiedad cuando, de camino a su casa, vio a Adam sentado en los escalones. Aunque no la había llamado ni le había mandado un mensaje, una parte de ella sabía que vendría hoy. Pero, ahora que estaba allí de verdad, no sabía qué esperarse. ¿Se disculparía por la forma en la que se había comportado o le diría que no podía trabajar con ella?

Como si la hubiera sentido, Adam levantó la mirada y se puso de pie.

—Olivia.

Ella se recordó a sí misma que tenía que ser cordial. Adam no era solo un ex, sino también un importante socio comercial.

—Hola, Adam. ¿Llevas mucho esperando?

—Un poco. No estaba seguro de si querrías verme.

—Es difícil no verte si te sientas en mi puerta —dijo ella, malinterpretándolo de forma intencionada, mientras subía las escaleras. Abrió la puerta con un suspiro—. Pasa.

Una vez estuvieron dentro, él empezó a hablar.

—Lo siento, por todo. —Olivia debería sentirse aliviada de que estuviera reconociendo sus errores, pero lo único que sentía era rabia. No se merecía la forma en la que la había tratado. Ella no había hecho nada malo—. Últimamente has estado ocupada y al verte con William… —Él se encogió de hombros y sacudió la cabeza—. Me recordó tanto a mis padres y sus aventuras que exploté.

Aunque él le había contado algunas de las cosas malas que habían hecho sus padres, era la primera vez que hablaba de su matrimonio. De pronto, su comportamiento durante el brunch con sus padres tuvo sentido para ella. Había estado divertido y encantador como siempre, pero no había dejado de mirar a sus padres como si esperase que algo fuera a ocurrir.

Ya que los padres de Adam se habían sido infieles, no era difícil imaginar su hogar lleno de conflictos, y se dio cuenta de que probablemente Adam había estado buscando signos de tensión entre los suyos. Quizá se había esperado algún tipo de discusión o pelea.

—Siento lo de tus padres —dijo ella con cautela—. No puedo imaginarme cómo tuvo que ser crecer así, pero que ellos fueran infieles no quiere decir que todo el mundo lo sea.

—Lo sé, y lo siento.

—Bueno, te agradezco que hayas venido a disculparte.

—Por desgracia, ya era demasiado tarde.

Él vaciló antes de hablar.

—Entonces, ¿se acabó?

Ella asintió con un nudo en la garganta.

—No puedo estar con alguien que no confía en mí. No solo irrumpiste en mi casa pensando que te estaba poniendo los cuernos, también me espiaste.

Ella siempre había pensado que sería romántico que un hombre se pusiera celoso por ella, pero la realidad era totalmente deprimente. Lo que había motivado los celos no era el amor, sino la inseguridad y la posesividad.

—Sé que puede parecer que no confío en ti, pero lo hago. Es solo que no atiendo a razones cuando se trata de ti. Yo… —Él sacudió la cabeza—. ¿Amigos?

Ella parpadeó.

—¿Quieres que seamos amigos?

—Quiero ser más que eso, pero prefiero mantener la relación sea como sea.

—No creo que yo pueda hacerlo. Terminaría enamorándome de ti otra vez. —Especialmente si decía cosas como esa.

—¿Por qué no nos tomamos las cosas con calma? Podemos ir a la fiesta de cumpleaños de mi ahijada este fin de semana y ver cómo van las cosas a partir de ahí. —Ella no respondió y él añadió—. Dijiste que vendrías.

Debería negarse. No tenía ningún instinto de preservación en lo que a él se refería y solo terminaría saliendo herida de nuevo. Pero sí que habían hecho un trato. Reflejaría mal en ella el contradecir su palabra, sobre todo si quería que Adam la viese como alguien digna de confianza.

Pero sabía que solo se estaba inventando excusas. Quería ir. Así de simple.

—Vale, iré al cumpleaños de tu ahijada contigo, pero no prometo nada respecto a lo de ser amigos o algo más después de eso. —Con suerte, no estaría cometiendo un error garrafal.

Él sonrió de esa forma que tanto le gustaba y ella supo que había vuelto a caer.

—Genial, te recojo a las diez.

Al día siguiente, a Adam le invadía la culpa mientras caminaba hacia la oficina de William Yates. A Olivia no le gustaría saber que le había hecho una visita a su ex, pero no podía dejar las cosas al azar.

Puede que ella le hubiera perdonado por lo que hizo la otra noche, pero no había vuelto con él. Y, mientras Adam intentaba hacerla cambiar de idea, lo último que necesitaba era que su ex irrumpiese en escena e intentase desbancarlo.

Adam había visto cómo William miraba a Olivia y supo

que, independientemente de lo que ella dijese, en lo que a William respectaba la cosa no había acabado ahí. ¿Por qué si no iría a su casa a decirle que se casaba? Un hombre solo hacía eso cuando aún estaba interesado en una mujer, pero Olivia era demasiado inocente para verlo.

No podía arriesgarse a dejar ningún cabo suelto, así que, en cuanto llegó a casa la noche anterior, Adam llamó a Edward para pedirle que buscase información sobre William. Treinta minutos después, Edward le devolvió la llamada. Al parecer, William era el hijo de un magnate de la televisión por cable, lo cual hacía la búsqueda mucho más fácil.

Adam ignoró las miradas curiosas mientras se abría camino a través de la oficina y buscaba la puerta con el nombre de William. Entró de golpe, sin llamar, y vio a William hablando por teléfono. A él se le abrieron mucho los ojos, murmuró un «luego te llamo» a la persona con la que estuviese hablando y colgó el teléfono.

—Aléjate de Olivia —dijo Adam al mismo tiempo que William hablaba.

—¿Cómo narices has entrado aquí? —preguntó William, y rio al escuchar a Adam—. Sabes que estoy comprometido, ¿no? Con Penelope Hunter. Ya sabes, Hunter de la Hunter Broadcasting Company.

—Prometido o no, no quiero ni verte cerca de Olivia. —Teniendo en cuenta los ojitos que le había puesto, rompería su compromiso sin pensarlo dos veces en cuanto ella le diese un poco de alas.

William levantó la barbilla.

—¿O qué?

—O le diré a tu prometida que fuiste a ver a Olivia.

—Penelope sabe que Olivia está invitada a la boda —respondió William de forma engreída.

—Sí, pero ¿sabe también que quieres volver con ella?

La cara de William se puso roja de ira.

—¿Te lo ha contado?

A Adam le tembló el labio. Olivia no le había dicho nada, pero él tenía una corazonada. A juzgar por la reacción de William, era obvio que ella lo había rechazado, lo cual significaba que no le había sido infiel. Sintió que le desaparecía la presión del pecho. Había tenido esa esperanza, pero no estaba completamente seguro.

—¿Y qué pasa con la boda? —preguntó William—. Olivia espera una invitación.

Adam se encogió de hombros.

—Las cosas se pierden en el correo.

—¿Y las invitaciones de sus padres y su hermano también?

—Un organizador de bodas deficiente. —No era su problema. Le hizo un gesto a William—. Espero que esta sea la última vez que te vea. —Se giró y se fue, satisfecho con la confirmación de que Olivia no le había puesto los cuernos con William. Solo por eso ya había merecido la pena la visita.

¿Y ver la expresión de terror de William? Bueno, eso había sido la guinda del pastel.

# CAPÍTULO VEINTIUNO

—¡Adam! ¡Muchas gracias por venir! —dijo Samantha Darren mientras se acercaba con su hija, Suzie, en brazos. Aunque él no creía en la institución del matrimonio, era evidente que a Sam le sentaba bien. Tras la muerte de Jason se quedó muy triste y delgada. Ahora, estaba a punto de reventar de felicidad.

—Pues claro, no me perdería el cumpleaños de Suzie por nada del mundo —respondió Adam haciéndole cosquillas al bebé en el estómago. Suzie soltó una risita y él sonrió —. Y esta es Olivia Montgomery —dijo, y aprovechó la oportunidad para rodearla con el brazo.

Mientras conducían hasta allí, la tensión entre ellos había sido palpable. Era como si de repente ella hubiera levantado una pared a su alrededor y él lo odiaba. Echaba de menos la familiaridad entre ellos y esperaba que ese contacto casual la ablandase un poco.

—Hola, me alegro de conocerte —dijo Sam, estrechándole la mano a Olivia.

—Igualmente. Tienes una casa preciosa.

Imitando a su madre, Suzie extendió una mano hacia Olivia. Ella sonrió y se la estrechó.

—¡Encantada de conocerte a ti también!

Como si Olivia hubiera pasado una especie de examen, Suzie rio y levantó los brazos hacia ella. Sam asintió.

—¿Te importa?

—No, en absoluto.

Sam le pasó a Suzie.

—Ooh, es preciosa —dijo Olivia con el sonriente bebé en brazos, y Adam no pudo evitar darse cuenta de la expresión de sus ojos. Sabía que ella quería niños, pero aún le dolía recordarlo.

Quizá estuviera dispuesto a cambiar de opinión acerca del matrimonio, pero la paternidad era un no rotundo. Nunca querría hacer pasar a un niño lo que sus padres les hicieron pasar a él y a sus hermanos. Y, aunque le gustaba pensar que él podría ser mejor padre de lo que lo fueron los suyos, no podía estar seguro. La forma en la que había actuado cuando pensó que Olivia le había sido infiel... Nunca se había considerado celoso, pero, al parecer, sí lo era. Y mucho. Para ser sincero, no pensaba con claridad cuando se trataba de ella y se imaginaba a sí mismo haciendo todo lo posible para que se quedase con él, incluido usar a los posibles niños que tuvieran.

—Lo mismo pensamos nosotros —dijo Sam, irrumpiendo en sus pensamientos, y él agradeció la distracción.

Nunca había entendido cómo sus padres podían actuar de esa forma, pero, tras experimentar de primera mano lo loco que lo volvía Olivia, estaba empezando a hacerse una idea.

—Vamos, sentémonos en la sombra antes de que empiece a pesarte demasiado.

Adam miró las decoraciones y las bufeteras mientras se aproximaban a la carpa.

—Parece que has planeado una fiesta por todo lo alto.

Sam se rio.

—Probablemente solo vendrán unas veinte personas, pero, como es el primer cumpleaños de Suzie, Luke ha tirado la casa por la ventana. Hasta ha contratado a alguien disfrazado del c-o-n-e-j-o de sus dibujos animados favoritos para darle una sorpresa.

Estaban a punto de sentarse cuando Sam dijo:

—Disculpadme, mis padres están aquí. Por favor, comed lo que queráis del buffet. Luke bajará en cualquier momento, está fardando de la cuna nueva que ha hecho su padre. —Olivia le devolvió la niña a Sam, quien se dirigió hacia sus padres.

—Es mucho más simpática de lo que me esperaba —dijo Olivia una vez que Sam no podía oírla. Adam rio.

—Ya te dije que la prensa había hecho parecer la situación peor de lo que realmente era.

—Sí, debería haberme dado cuenta, pero era una historia muy jugosa. Ahora me siento mal por haber cotilleado sobre ellos. Seguro que Luke es tan majo como Sam. —Hizo un gesto hacia Adam—. Por cierto, ¿no querías ir a buscarlo?

Normalmente habría ido, pero no pensaba dejar sola a Olivia. Llevaba días deseando pasar tiempo con ella.

—Ya bajará. Ven, vamos a ver qué hay para comer.

* * *

—Eh, Olivia, ¿has comido tarta? —preguntó Sam cuando se dejó caer a su lado dos horas después.

Olivia asintió.

—Ya me he comido dos trozos. —Su intención era comerse solo uno, pero estaba tan buena que no se pudo resistir cuando el camarero le ofreció otro trozo.

Samantha sonrió.

—Yo llevo dos con este —dijo antes de tomar un bocado.

—Adam mencionó que creaste tu propio fondo de inversiones —dijo Olivia tras un momento.

Samantha asintió.

—Sobre todo para amigos de mis padres y algunos familiares. Muchos de ellos querían invertir con Luke sin entender a lo que se arriesgaban. —Samantha hizo un gesto hacia ella—. Seguramente sabes cómo son esas cosas.

Aunque Montgomery Bank dirigía varios fondos, a Olivia nunca le habían hecho preguntas sobre cómo invertir en ellos. Probablemente fuese porque la mayoría de las personas de su círculo ya conocían a su hermano o a su tío, quienes sabían muchísimo más sobre ese tema, pero entendía perfectamente a lo que Samantha se refería, sobre todo si los amigos de sus padres no contaban con nadie para guiarlos en el mundo de las finanzas.

—Intenté convencerlos de que se fueran a un fondo indexado —continuó Samantha—, pero se sienten más cómodos si alguien que conocen gestiona su dinero. ¿Y tú? Luke mencionó que trabajas para Montgomery Hotels.

—Sí, soy la gestora de relaciones de nuestros franquiciados. De hecho, ahora estoy trabajando con Adam en The Mansion.

—¡Oh, me encanta el salón de té! Mi amiga Nina… Ya la has conocido, ¿verdad? —Olivia asintió y Sam continuó—. Ella me llevó a tomar el té allí el año pasado y nos sentimos literalmente como de la realeza.

Olivia sonrió de oreja a oreja.

—Ese era el objetivo de mi abuelo para el hotel. Quería que los huéspedes se sintiesen como de la realeza y se inspiró en los castillos europeos. —Había seleccionado y mezclado lo que más le gustaba de diferentes estructuras y los resultados le habían parecido lo mejor de lo mejor.

—No quiero ser cotilla, pero ¿le vendisteis a Adam el hotel y luego accedisteis a dirigirlo?

—Oh, no. Mi abuelo vendió el hotel en los ochenta para salvar el banco familiar durante la crisis. —Él había querido pedir un préstamo usando el hotel como aval, pero, con la estrechez del mercado de crédito, había sido imposible.

—Tenía curiosidad, porque me he estado documentando sobre Key Hotels y los he visto vender un hotel para luego seguir dirigiéndolo.

—No estoy muy familiarizada con Key Hotels, exceptuando sus programas experimentales. —Las inversiones de Key para llevar la tecnología y la inteligencia artificial a la vanguardia del sector hotelero a menudo ocupaban los titulares—. Pero es una práctica común en la industria. —De hecho, la mayoría de las empresas hoteleras cotizadas en bolsa se centraban en su negocio de franquicias en lugar de en ser dueños de los hoteles—. Además de que las empresas sacrifiquen sus ubicaciones de bajo rendimiento o cambien el enfoque principal de su negocio, se gana más dinero con las franquicias que teniendo hoteles en propiedad. —Se encogió de hombros—. Pero, en el caso de Key, creo que están experimentando con diferentes características de los hoteles para ver lo que funciona.

No era suficiente con ofrecer una habitación limpia y una cama cómoda. Las firmas hoteleras, en especial las de gama baja y media, tenían que reinventarse constantemente para distinguirse de la competencia.

—Probablemente hayan diseñado el hotel con un programa específico en mente y, cuando no fue según lo planeado, lo vendieron. De esa forma, no parece un fracaso y ellos reciben ingresos continuos del franquiciado. —Sonrió—. Para las propiedades ya existentes, es prácticamente dinero gratis. —Había muy poco riesgo y el hotel ya estaba diseñado de acuerdo a sus estándares.

—Y por eso algunas firmas son mayormente franquicias.

Olivia asintió.

—¿Has oído hablar de esos robots asistentes que probaron? —le preguntó, refiriéndose a la prueba fallida de Key de usar robots para llevar pequeños objetos a las habitaciones. Sabía que Montgomery nunca haría algo así, pero era fascinante leer sobre ello.

—¡Sí! Me emocioné cuando lo leí. Sé que fue un fracaso, pero espero que lo vuelvan a intentar de una forma u otra en el futuro. Hay mucho potencial en la tecnología.

Después, hablaron sobre varias formas en las que los

hoteles estaban reduciendo gastos, desde limitar el mantenimiento y los artículos de aseo a las reservas dobles. A menudo era difícil pensar en lo que otras firmas hoteleras estaban haciendo, era demasiado diferente a la forma en la que funcionaba Montgomery. Mientras que todo el mundo estaba cambiando las mini botellas de champú por dispensadores de pared, Montgomery aún incluía dentífrico en sus sets de artículos de aseo.

En momentos como ese se alegraba de que su familia hubiera mantenido la empresa privada, porque, gracias a eso, no tenían que estar constantemente preocupados por aumentar los beneficios para satisfacer a los accionistas y podían centrarse en mejorar la experiencia de los huéspedes.

Se oyó el llanto de un bebé en la distancia.

—Voy a ver qué le pasa —murmuró Samantha.

—Llámame sin compromiso si te surge alguna duda sobre la industria —dijo Olivia mientras le daba su tarjeta de visita a Samantha—. Me encanta hablar de trabajo.

—Lo haré —contestó Samantha levantándose—. Me ha gustado conocerte. Adam y tú tenéis que venir un día a cenar, estaría bien no ser la única mujer para variar.

Antes de que Olivia pudiera decir que ella y Adam eran solo amigos, Samantha se fue a ayudar a su madre con el bebé.

Olivia frunció el ceño mientras miraba cómo Samantha guiaba a la mujer y al bebé dentro de la casa. ¿Qué quería decir con eso de que normalmente era la única mujer en las cenas? ¿Estaba insinuando que Adam no solía llevar a sus novias o que no solía salir con nadie? La asaltó la idea de que quizá ella significase algo para él. Quizá por eso había estado tan celoso de William…

Y ahí estaba, excusándolo otra vez.

Suspiró. Adam había estado tan atento hoy que era fácil ver por qué se había pillado por él, aunque, para ser sinceros, siempre había sido un novio atento. Quizá demasiado, pensó ella al recordar el hecho de que la había espiado. No había sido la primera vez que un novio se había quejado de lo mucho que trabajaba, pero desde luego sí había sido la primera vez que la habían espiado y acusado de ser infiel.

Con el ceño fruncido, intentó ponerse en el lugar de Adam. ¿Cómo se habría sentido ella si hubiera visto a una mujer guapa salir de su apartamento? Quería pensar que no habría asumido automáticamente que él le estaba poniendo los cuernos, pero no le habría gustado, sobre todo si hubiera descubierto que esa mujer era una exnovia suya.

Pero, una vez más, ella nunca lo habría espiado, eso para empezar.

Aunque probablemente para ella fuera más fácil confiar que para él, teniendo en cuenta cómo había descrito a sus padres. Y, quitando esa noche, había sido el novio perfecto…

Suspiró al darse cuenta de que iba a darle otra oportunidad. Probablemente se arrepentiría, pero a una parte de ella le preocupaba más arrepentirse de no hacerlo.

* * *

—Gracias por ayudarme —dijo Luke mientras Adam colocaba el último regalo en el cuarto de juegos de Suzie.

—Cuando quieras —contestó Adam enderezándose.

Se había ofrecido a ayudar cuando vio a su amigo cargar con una caja grande, pero después se dio cuenta de que probablemente Luke solo quisiera alejarse un rato de la gente. Luke no era muy sociable que digamos.

—Bueno, ¿cómo te va todo? —le preguntó Luke mientras volvían a la fiesta.

—Bien. La gran inauguración del Plex será en un par de semanas y todo va según lo planeado con The Mansion. ¿Y tú qué?

Luke sonrió.

—Aún no se lo hemos contado a nadie, pero Samantha está embarazada.

Adam le dio a Luke una gran palmada en la espalda.

—Hala, tío. Enhorabuena.

—Gracias. Aún no me creo lo afortunado que soy. —Luke sacudió la cabeza—. Lo entenderás cuando seas padre.

Adam no se molestó en decirle que él no era el típico padre de familia. Desde que se había casado con Sam, Luke parecía pensar que Adam también iba a sentar la cabeza. Y, aunque a veces le daba envidia su amor, Adam sabía que esa clase de relación simplemente no iba con él.

Olivia se acercó a ellos y se libró de responder. Él sonrió y la rodeó con un brazo.

—¿Estás lista para volver a casa?

Ella asintió y Luke habló.

—Bien, no os entretengo más, pero espero veros pronto para cenar. A los dos.

—Claro. Gracias. —Aunque Adam no quería salir con

ellos, estaba feliz de que Olivia se llevase tan bien con sus amigos.

Nunca le había importado lo que sus amigos pensasen de las mujeres con las que salía, pero había querido desesperadamente que a Luke y Sam les cayese bien Olivia. Y así había pasado. De lo contrario, el introvertido de Luke no la habría invitado a cenar.

Pero Adam no estaba del todo cómodo con esa cena. Si era sincero, no había estado cómodo con ellos desde que empezaron a salir. A veces, las miradas que se dirigían el uno al otro eran antinaturales, casi podría jurar que exudaban amor.

Curiosamente, nunca tuvo ese problema cuando Samantha estaba casada con Jason, pero verla tan feliz con Luke le hacía pensar cosas que no debería. Como, por ejemplo, en lo que pasaría si él fuera de los que se casaban.

Y, ahora que había conocido a Olivia, esos sentimientos habían empeorado, porque podía imaginarse casándose con ella si fuera un hombre distinto. Ya fuera en la cama o no, le encantaba pasar tiempo con ella y dudaba que alguna vez se fuera a cansar de eso.

Pero, al mismo tiempo, ella le hacía sentir, y eso no era tan bueno. Era como si sus emociones fueran cien veces más intensas. No recordaba haber estado nunca tan feliz como con ella, pero también lo volvía loco, como cuando vio a William en su casa. Debería cortar por lo sano y dejarla ir, pero, en lugar de eso, la había vuelto a invitar a la gran inauguración del Plex.

—Voy a volar a Houston el lunes y me quedaré allí hasta la gran inauguración —dijo mientras caminaban hacia el coche—. Sé que estás ocupada, pero me encantaría que estuvieses allí cuando abra.

—¿Es dentro de dos miércoles?

—Sí. Dime cómo tienes la agenda si estás libre para que pueda tener listo el jet. —Tenía la esperanza de que ella fuera uno o dos días antes, pero era mejor que estuviera uno solo a que no fuera.

—Eso no es necesario.

—Lo sé, pero quiero hacerlo.

—Vale, veré qué puedo hacer. —Ella le puso una mano en el pecho y lo besó.

El beso fue demasiado breve y lo dejó con ganas de más, así que la rodeó con un brazo y la besó como es debido, acariciándola con su lengua y reaprendiendo su sabor. Solo habían pasado unos días desde que la besó por última vez, pero no quería que volviera a pasar tanto tiempo nunca más. Ella le lamió los labios mientras se separaban.

—Vamos a tu casa.

Le llevó un momento asimilar lo que había dicho y, cuando lo hizo, sintió alivio en el pecho. Le estaba dando otra oportunidad. Gracias a Dios.

# CAPÍTULO VEINTIDÓS

Olivia miraba con el ceño fruncido las propuestas de planes de planta para las residencias mientras Adam y ella volaban de vuelta a Nueva York el miércoles por la noche. Parecían un poco pequeños para ser apartamentos de lujo. Incluso las residencias más pequeñas deberían tener al menos dos mil quinientos metros cuadrados.

Le daba curiosidad cómo encajaría eso, así que sacó una regla y una escala de su bolso y empezó a experimentar con diferentes distribuciones. Estaba viendo cómo una residencia de dos pisos encajaría junto a otra de uno cuando Adam habló.

—Vamos a aterrizar pronto.

Sorprendida, Olivia levantó la mirada y vio que fuera era noche cerrada.

—Gracias por avisarme. —El tiempo pasaba volando cuando diseñaba, en especial cuando jugaba con las iteraciones.

—¿En qué estás trabajando?

Ella levantó los diagramas.

—Estoy intentando ver si tendría sentido hacer las residencias más grandes.

—¿Puedo? —preguntó él.

Ella asintió y le pasó los diagramas. Él se tomó su tiempo hojeándolos.

—Son muy buenos.

Olivia sintió calor en las mejillas.

—Gracias. Distribuir las habitaciones a mano me ayuda a pensar.

—Nunca es tarde para volver a la universidad.

—Lo sé, pero es que no veo cómo podría combinarlo con mis responsabilidades en Montgomery. —Solo era cuestión de tiempo que papá aprobase una de sus propuestas de Yosemite y eso sería el principio de una línea de hoteles totalmente nueva.

La línea para aventureros no haría crecer de forma astronómica a la marca emblemática de Montgomery, pero fortalecería el negocio principal al introducir su marca a un montón de nuevos clientes, y la oportunidad de hacer crecer a la empresa que tanto significaba para ella era demasiado grande para tirarla por la borda retomando sus estudios.

—Bueno, al menos has podido aplicar lo que aprendiste —dijo Adam mientras le devolvía los diagramas y ella recogía sus cosas—. Gracias otra vez por venir.

Olivia sonrió. Ya le había dado las gracias al menos diez veces hoy.

—Gracias a ti por invitarme. Me lo he pasado bien.

Se había estado preguntando si la reconciliación habría

sido un error. La desconfianza de él le había dolido de verdad y no estaba segura de cómo lo iban a superar, pero él llevaba intentando compensárselo desde entonces y ella apreciaba el esfuerzo.

Aunque él había estado en Houston, le había mandado regalos casi cada día para hacerle saber que pensaba en ella. Incluso ahora, cuando él debería estar trabajando en Texas, se había tomado el tiempo para volar ida y vuelta y acompañarla a la gran inauguración. Le había dicho que tenía que hacer algunas cosas en la oficina, pero ella sospechaba que podría haberlas hecho a distancia.

Y durante la gran inauguración había estado igual de atento. Olivia había pensado que tendría tiempo de mirar sus mensajes y correos a lo largo del día, pero él no la había perdido de vista. Cuando no había estado haciéndole un tour por las tiendas, se la había estado presentando a todo el que podía.

A ella le había encantado verlo en su salsa. No solo le apasionaba su trabajo, sino que, además, se preocupaba de verdad por la gente con la que trabajaba. Era evidente en la forma en que sus empleados lo trataban. Aunque estuvieran ocupados, siempre lo trataban con respeto y, muchas veces, incluso con admiración. No actuarían así si él no fuera un buen jefe.

Pero suponía que, de forma inconsciente, había estado buscando algún fallo en su comportamiento, algo que no hubiera notado antes y que explicase su forma inapropiada de actuar unas semanas atrás. No había encontrado nada y, como generalmente era buena juzgando el carácter de la gente, tenía que creer que su reacción había sido un caso aislado.

Solo esperaba que él pudiera aprender a confiar en ella, porque, a pesar del dolor que le había causado, aún le importaba muchísimo. Considerar un futuro sin él era demasiado doloroso.

* * *

A Adam le invadió una sensación de satisfacción mientras Olivia dormía apoyada en su hombro de camino a su casa.

Las últimas dos semanas habían sido un infierno. Además de echarla de menos, le había preocupado constantemente que ella cambiase de opinión sobre lo de darle otra oportunidad, pero ella no había expresado ninguna duda y parecía que había disfrutado pasando el día con él. Que se hubiera quedado dormida sobre su hombro era simplemente la guinda de un día perfecto.

Probablemente estuviera dándole más importancia de la que tenía, pero le gustaba pensar que era necesario un cierto nivel de confianza para quedarse dormido sobre el hombro de alguien y se alegraba de que el chófer no pudiera verlos a través de la partición tintada que los separaba. Nunca le había importado mucho su privacidad, pero se estaba dando cuenta de que había algunas cosas que quería mantener en la intimidad entre Olivia y él.

Con una sonrisa, se puso a leer las noticias en su teléfono. Era un poco más tarde de las siete y el tráfico estaba casi estancado, pero, en lugar de enfadarse, estaba contento de que Olivia pudiera descansar un poco al fin. Habían salido a las tres de la mañana para coger un vuelo y no habían parado desde entonces.

Estaba leyendo sobre una promotora que estaba planeando un complejo comercial con energía neta cero cuando Olivia se movió y levantó la mirada hacia él con una sonrisa adorable.

—¿Qué hora es? —murmuró.

—Las ocho menos cuarto.

—Oh, ¿quieres que pida algo para cenar? —le preguntó mientras se desperezaba.

—Claro. —Lo habría hecho él mismo, pero no había querido parecer presuntuoso.

—¿Pizza en La Cucina? —preguntó ella cogiendo su teléfono.

—Me parece estupendo.

Él reanudó su lectura mientras Olivia encargaba la cena. Acababa de terminar el artículo cuando recibió una llamada. Estaba a punto de desviarla al buzón de voz, pero vaciló al ver que se trataba de su padre. Tenía una llamada perdida suya de antes y había planeado devolvérsela al día siguiente. Pero ¿y si había algún problema?

—Es mi padre —le explicó a Olivia antes de responder al teléfono.

Antes de que pudiera decir nada, su padre habló.

—¿Dónde has estado? Llevo una hora en el vestíbulo de tu apartamento, intentando localizarte.

¿Su padre estaba en su apartamento?

—Acabo de volver de Houston —contestó, confundido. Su padre nunca había estado en su casa antes.

—Tenemos que hablar.

Adam reprimió un gruñido mientras miraba a Olivia. Le apetecía muchísimo pasar la noche con ella, pero no podía ignorar la urgencia que había en la voz de su padre.

—Estaré allí en una hora.

—¡Una hora! Ya llevo aquí una…

—Nos vemos luego —le interrumpió Adam. Como si él pudiera controlar el tráfico. Colgó el teléfono mientras sacudía la cabeza—. Lo siento, Liv. Te voy a llevar a casa esta noche y me voy. Mi padre me está esperando en mi apartamento.

—¿Quieres que vayamos directamente a tu casa? Puedo llamar para cambiar la dirección de entrega.

Él se lo pensó. Aunque no quería que ella viera lo retorcida que era su familia, sí que la quería allí para apoyarlo. Se sorprendió al darse cuenta. Estaba empezando a depender de ella y eso no le gustaba nada. Antes estaba tan a gusto cuando tenía que ir a revisar alguna de sus propiedades y ahora, no estaba contento a menos que ella estuviera con él. Era terrorífico pensarlo. No quería que su felicidad dependiese de ella y el hecho de que ya fuera así le hizo parar y reconsiderar las cosas.

—Gracias por la oferta, pero creo que es mejor que vea a mi padre yo solo. —El dolor se reflejó en los ojos de Olivia y él sintió un tirón en el pecho. Odiaba hacerle daño, así que añadió—: Lo siento.

—No pasa nada. —Ella entrelazó los dedos con los suyos—. Llámame si quieres hablar.

# CAPÍTULO VEINTITRÉS

Adam salió del ascensor y vio a su padre sentado en una de las sillas del vestíbulo. El portero hizo una mueca al verle.

—Lo siento, señor Campbell, pero insistió mucho en quedarse.

—Tranquilo, lo entiendo.

Adam sabía que Justin habría llamado a seguridad si hubiera sido un extraño que se negaba a irse. Pero, además de que Adam se parecía mucho a su padre, una búsqueda rápida online habría confirmado que se trataba de Mitch Campbell.

Adam se volvió hacia su padre, que se había acercado mientras él hablaba con Justin, y se quedó congelado. Nunca había visto a su padre tan hecho polvo. No se había afeitado y parecía que se hubiera pasado las manos por el pelo unas cien veces.

Adam había planeado llevarlo a una cafetería cercana para hablar porque no estaba seguro de sus intenciones, pero verlo en ese estado le hizo cambiar de opinión. Hizo un gesto con la cabeza hacia el ascensor.

—Vamos.

—Necesito un préstamo —dijo su padre en cuanto entraron en el ascensor y se cerraron las puertas—. Dannier está hasta el cuello de deudas. Nuestros préstamos van a vencer y nos veremos obligados a declararnos en bancarrota si no podemos devolverlos.

Adam parpadeó. De entre todas las cosas que su padre podría haber dicho, esa no se la había esperado. Como no quería pensar en lo que pudo ser, Adam se había mantenido deliberadamente desinformado en lo que respectaba a Dannier, pero siempre se había imaginado que a la empresa le iba bien.

—¿Cómo ha ocurrido? —preguntó cuando al fin le salió la voz.

No es que Dannier fuera un negocio de actividad intensiva. Joder, conociendo a su padre, estaba seguro de que la empresa seguía usando las fórmulas que creó su abuelo. Entonces, si no estaban gastando dinero en investigación y desarrollo, ¿en qué lo estaban gastando exactamente?

—La competición se está volviendo muy intensa en la industria. Parece que cada semana sale una nueva crema que es el último grito. Hemos tenido que reducir los precios para mantener nuestra cuota de mercado, mientras que nuestros costes no han dejado de subir.

Era extraño escuchar eso de su padre. Mitch Campbell era totalmente partidario de reducir costes y gastos. De hecho, todas las discusiones que Adam recordaba que este tenía con él o con su abuelo sobre Dannier habían venido de que papá había apurado hasta el último centavo para maximizar los márgenes de beneficios.

Su padre vigilaba los gastos de la empresa como un halcón. Si no estaba rechazando ideas para nuevos productos a causa de los gastos de investigación y desarrollo, estaba intentando optimizar la cadena de montaje para agilizar la producción en la fábrica. Siempre le había grabado a fuego a Adam que el tiempo era dinero. Por eso, Adam no podía imaginarse un escenario en el que su padre no hubiera mantenido sus gastos de estructura mientras reducía sus precios al mismo tiempo.

Aún le estaba costando procesarlo todo. Adam se dirigió a la mesita de café en cuanto se abrieron las puertas del ascensor. Cogió una libreta y un boli y le pidió a su padre algunas cifras.

Cuando su padre terminó, sacudió la cabeza. La empresa necesitaría al menos cuarenta millones, y eso sin incluir lo que haría falta para devolverla a su estado original. Algo así no pasaba de la noche a la mañana y de repente se dio cuenta de que ese era el motivo por el que su padre lo había llamado unas semanas atrás: sabía que iba a necesitar ayuda y quería empezar a hacerle la pelota.

Por muchas ganas que tuviera de mandar a su padre a la mierda, Adam quería a su abuelo y le debía todo lo que tenía. Y Dannier había sido la vida del abuelo, su legado. Papá solía decir a menudo que el abuelo quería más a la empresa que a su familia, y no lo decía en broma.

—Me lo pensaré —dijo Adam finalmente. Puede que invertir en Dannier o hacerles un préstamo fuera retrasar lo inevitable, pero no podía quedarse de brazos cruzados. Nunca se lo perdonaría.

Sus abuelos habían hecho mucho por él, no podía traicionar su amabilidad dándole la espalda a la empresa que tanto les había costado construir. Se dio cuenta de que Olivia debía sentir lo mismo con The Mansion. No le extrañaba que estuviera tan dispuesta a luchar para conservarlo.

—¿Has traído datos financieros?

—No —respondió su padre. Adam suspiró. Le estaba pidiendo ayuda, pero le estaba ocultando información.

—No puedo tomar ninguna decisión sin consultarlos.

—Vale. Te los enviaré.

—Y todos tus informes: ventas, cuentas por cobrar, deudas, todo.

Su padre apretó la mandíbula antes de asentir.

—Debí haberte escuchado y haber ampliado nuestra oferta de productos cuando tuve la oportunidad.

Después de todos los años que pasó intentando hacerle cambiar de idea, Adam debería haberse sentido satisfecho de que su padre lo admitiese, pero solo se sentía triste porque la empresa que tanto había significado para él se desmoronaba.

—Es lo que hay —dijo, con la esperanza de que su padre no intentase tener una conversación íntima. Sería demasiado sospechoso para considerarle sincero. Por suerte, su padre captó la indirecta de que no estaba de humor para hablar y se fue poco después.

Una vez se hubo ido, Adam suspiró. Aunque llevaba mucho tiempo enfadado con sus padres, nunca había querido verlos fracasar. En cierto modo, le gustaba competir con ellos, aunque fuera solo en su cabeza.

Por un momento, se preguntó si habría podido hacer algo para impedir que Dannier cayese tan bajo, pero descartó la idea. Su padre era el único propietario de la empresa, así que él no habría podido decidir nada, aunque hubiera elegido quedarse.

Se pasó una mano por el pelo y aguantó las ganas de llamar a Olivia. Era increíble lo mucho que quería hablar con ella, lo mucho que la necesitaba. ¿Cómo había dejado que llegase a este extremo?

Y el hecho de que ni se le había pasado por la cabeza presumir de su relación delante de su padre lo dejó boquiabierto. Era Olivia Montgomery, de la familia Montgomery. Su padre se habría muerto por conocerla, pero a Adam le importaba de verdad. No podía usarla de esa forma.

Pero le había hecho daño.

Cogió el teléfono al recordar su mirada de dolor. Se disculparía y le contaría lo que había pasado. Era lo mínimo que se merecía por todo lo que había hecho por él hoy. Aun así, las cosas estaban yendo demasiado en serio con ella y necesitaba alejarse y poner un poco de distancia mientras gestionaba sus emociones. Con suerte, este lío con Dannier le daría una excusa para tomarse el espacio que necesitaba.

* * *

Olivia suspiró mientras dejaba la comida sobre la encimera y se dirigía a su dormitorio. De repente, se le había quitado el apetito.

Como una tonta, había pensado que de verdad había algo entre ellos porque Adam siempre quería que pasaran tiempo juntos, pero ella ni siquiera le importaba lo suficiente como para presentársela a su padre. Daba igual que Adam y su padre no se llevasen bien, seguía siendo su padre y se preocupaba lo suficiente por él como para ir a verlo de inmediato.

Puede que Adam le mandase regalos y le presentase a sus amigos, pero, cuando se trataba de cosas que importaban de verdad, la apartaba y ella tenía que preguntarse si alguna vez la dejaría entrar ahí. Probablemente no, ya que había pensado que ella le estaba siendo infiel, un signo inequívoco de que no se había tomado el tiempo de conocerla de verdad y que su relación había sido algo superficial para él.

Y quizá eso fuera bueno. Meterse en un compromiso serio ahora mismo no era lo mejor para ella. Si conseguía lo que deseaba, pronto estaría construyendo el que esperaba que fuera el primero de muchos hoteles por todo el país. No quería atarse a nadie. Debería sentirse aliviada de que Adam no estuviera buscando nada serio.

Pero no lo estaba. Más bien, eso le partía el corazón.

Sonó su teléfono y vio que era Adam.

—Hola —dijo ella, haciendo un esfuerzo para que no se le notara la melancolía en la voz.

—Oye, siento no haberte invitado a mi casa, pero es que mi padre es un caso aparte.

—No te preocupes, lo entiendo. —No lo iba a presionar si él no quería.

Él empezó a contarle la situación con Dannier y su

padre. A ella le sorprendió oír que a la empresa le iba tan mal. Siempre había pensado que los cosméticos eran un negocio seguro.

—¿Qué vas a hacer? —le preguntó cuando él terminó de hablar. Le gustaría poder darle un abrazo, pero él no la quería allí. Sintió un pinchazo en el pecho al pensarlo.

—La verdad es que no lo sé. Está claro que Dannier está en un buen lío.

—¿No sabías que les iban mal?

—No, he estado evitando todo lo que tenía que ver con mis padres. —Teniendo en cuenta lo que él le había contado sobre ellos, lo entendía. Cualquier información le recordaría lo que había perdido cuando se fue.

—Lo siento, sé lo mucho que Dannier significa para ti.

—Gracias. Tengo que llamar a mi contable para ver cuáles son las opciones, pero quería contarte lo que estaba pasando.

Cuando se despidieron, Olivia supo que debería estar contenta de que él la hubiera llamado, pero, en lugar de eso, no pudo evitar pensar que este era el principio del fin.

# CAPÍTULO VEINTICUATRO

Adam miraba como, una vez más, Jake Halliday sacudía la cabeza y pasaba a la siguiente página de los datos financieros de Dannier. Los conocimientos de Adam sobre finanzas eran limitados, así que pensó que pedir la opinión de un experto le ayudaría a entender a lo que se enfrentaba.

Podía valorar sin problemas bienes inmuebles y propiedades, pero no tenía ni idea de evaluar negocios. Normalmente le habría pedido ayuda a Luke, pero él y Samantha habían ido a San Francisco a reunirse con unas cuantas empresas tecnológicas. A juzgar por las reacciones de Jake, a Adam no le sorprendería que anunciase que los datos eran de los peores que había visto nunca.

Con un suspiro, Adam pensó en las llamadas que había hecho a algunos empleados de Dannier que recordaba de su juventud. Parecía que todo el mundo tenía su propia explicación de por qué la empresa se había ido a pique. Uno culpaba a la agresiva política de expansión de la empresa, otro a la nueva fórmula, otro a los bajos salarios... Pero, hablase con quien hablase, todos coincidían en que la administración de la empresa había sido extremadamente mala.

Después de lo que pareció una eternidad, Jake le tendió los datos financieros.

—Huye.

—¿Tan malo es?

—Sí. Si lo que te preocupa son los empleados, yo te recomendaría esperar hasta que la empresa se declare en bancarrota y después comprar todas las acciones. Sería mucho más fácil y más barato empezar de nuevo que intentar arreglar este desastre.

Adam había pensado en ello, pero no quería que la empresa que su abuelo había construido tuviese una mala reputación. La memoria de su abuelo merecía algo mejor.

—Más o menos, ¿cuánto costaría revertir esta situación?

—¿Tras la bancarrota?

—Sin la bancarrota —respondió él y Jake soltó un silbido.

—Asumiendo que consigas un equipo directivo adecuado y que todo vaya bien, ¿unos setenta millones? Y eso siendo muy optimista. —Jake lo miró con el ceño fruncido—. No estarás considerándolo en serio, ¿no?

Adam se encogió de hombros.

—Es la empresa de mi abuelo.

—Y puedes comprar el nombre en bancarrota.

Pero no sería lo mismo y él lo sabría. Estaba empezando a entender por qué Olivia había sido tan insistente en cuanto a mantener ciertas cosas como estaban en The Mansion y, de pronto, se sintió culpable por haber sido inflexible algunas veces. Para él solo había sido una cuestión de negocios, mientras que para ella se trataba de preservar un legado.

—Aún me lo estoy pensando. Es mucho trabajo y no tengo mucho tiempo para dedicarle. —Tenía sus propias responsabilidades y gente de la que ocuparse—. Pero hay un tío, Alfred Thompson, que fue la mano derecha de mi abuelo en la empresa. Si alguien puede revertir esta situación, es él. —Aunque habían pasado quince años desde que su abuelo murió y Alfred trabajaba en la empresa, la dinámica básica del negocio era la misma. —Claro que, no estoy seguro de que esté dispuesto a volver. Mi padre lo despidió casi inmediatamente después de asumir el mando.

—Supongo que ese Alfred no habría dejado que tu padre arruinase la empresa.

—Probablemente mi padre se sintiese amenazado por él —admitió Adam—. Alfred habría asumido el mando de la empresa si él no hubiera estado allí, así que, al despedirlo, mi padre pensó que se estaba asegurando su puesto.

Pero su padre había llevado la empresa a la ruina. Adam negó con la cabeza para sí mismo al pensar en cómo su padre se había quejado de tener que reducir los precios para seguirle el ritmo a la competencia. Lo primero de lo que Adam se había dado cuenta cuando le dio los datos financieros fue que Dannier estaba pagando dos jets. Aunque eso no justificaba todas las pérdidas, el despilfarro era un indicador de cómo su padre había dirigido la empresa.

Todavía le costaba creer que la persona que había rechazado su idea de sacar una línea para hombres aludiendo a los costes de investigación y desarrollo hubiera despilfarrado el dinero de la empresa hasta el punto de comprar un segundo jet, pero las cifras no mentían.

—Muchas gracias por echarle un vistazo a esto, te lo agradezco de verdad. —Se había esperado mejores noticias, pero sabía que eso era mucho pedir.

—No es nada, siempre disfruto mirando los datos financieros de empresas privadas.

—¿Has tenido suerte con lo de encontrar comprador para Gerard? —le preguntó al recordar la conversación sobre el fabricante de chocolate que habían tenido unos meses atrás. Pero, en el fondo, ya estaba pensando en cómo iba a conseguir el dinero para salvar Dannier.

Considerarlo siquiera era una insensatez, pero no podía negar el atractivo de volver a sus raíces. Dirigir la empresa había sido su sueño de la infancia y, aunque había evitado hablar de Dannier durante los últimos años, aún le importaba mucho.

Jake suspiró.

—Decidimos retirarlo del mercado hasta que mejore la economía. Las ofertas estaban siendo tan ridículamente bajas que no tenía sentido mantenerlo.

—¿Cómo es la dirección?

—Buena, pero el presidente quiere retirarse el año que viene o el siguiente.

Hablaron brevemente sobre los pros y contras de contratar un sucesor dentro de la compañía o traer a alguien de fuera antes de que Adam le agradeciese a Jake su tiempo de nuevo.

Cuando salió del despacho de Jake, Adam llamó a su asistente para que organizase una reunión con su equipo.

Necesitaba empezar a estimar cuánto dinero exactamente haría falta para mantener Dannier en marcha y si podía permitirse pedir otro préstamo.

* * *

Al día siguiente, Adam frunció el ceño mientras seguía las instrucciones del GPS de camino a la casa de Alfred Thompson. Parecía que cada barrio por el que pasaba era peor que el anterior. Estaba empezando a pensar que había habido algún error, pero, como había aprendido con los rumores que Doug había empezado sin darse cuenta, Edward no cometía errores.

El GPS lo llevó a una casa de una planta. La pintura blanca estaba desconchada y los postes del porche se estaban pudriendo, era evidente que la casa había visto tiempos mejores. Adam sintió una punzada de culpabilidad porque sabía que su padre le había hecho eso a Alfred y no pudo evitar preguntarse si él podría haberlo impedido. Vale, en esa época aún estaba en el instituto, pero era el hijo favorito de su padre y la razón por la cual este se había hecho con el control absoluto de Dannier. Sabía que no podía cambiar el pasado, así que apartó esos pensamientos y cogió la carpeta del asiento del copiloto.

Cuando se acercó a la casa de Alfred, Adam vio que, aunque no tuviera una capa fresca de pintura, tenía mantenimiento. La valla no estaba rota como otras que había visto a lo largo de la calle y el jardín estaba bien cuidado. Incluso había un pequeño huerto. Quizá la mujer de Alfred se ocupaba de él, recordaba vagamente haberla visto en algunas fiestas.

Adam tocó el timbre, pero no oyó ningún sonido en el interior. Esperó unos segundos, por si acaso, y llamó a la puerta.

—¡Voy yo! —Una voz de hombre retumbó dentro, seguida del sonido de pasos—. No te conozco —dijo la voz tras la puerta.

—Hola, estoy buscando a Alfred Thompson. Me llamo Adam Campbell, soy el nieto de Richard.

La puerta se abrió, revelando a un Alfred más envejecido que la última vez que lo vio. Por entonces, debía tener unos cuarenta y pico años y, ahora, ya pasaba de los cincuenta.

Adam le sonrió al rostro familiar.

—Hola, Alfred. Cuánto tiempo.

—¿El pequeño Adam? —Alfred le sonrió de oreja a oreja al abrir la puerta y salió para rodearlo con un brazo—. ¿Cómo estás? He oído que ahora eres un pez gordo de la construcción.

—Me va bien.

Alfred rio, tratando de quitarle importancia.

—¿Y cómo está tu hermana? No os veo desde… —Frunció el ceño y Adam supuso que estaría pensando en cómo su padre lo despidió.

No quería que Alfred pensase en los malos tiempos, así que dijo:

—Martha está bien. Me preguntaba si podría hablar contigo sobre Dannier.

Alfred le echó una mirada.

—Eso fue hace mucho tiempo.

—¿Puedo pasar?

Alfred asintió y él entró.

—No sé si te has enterado, pero a Dannier le va muy mal.

—Como he dicho antes, eso fue hace mucho tiempo.

Una risa femenina captó su atención y cuando Adam levantó la mirada vio a la mujer de Alfred entrando en la habitación.

—Hace mucho tiempo, y una mierda. Siempre está hablando de lo que habría hecho. Justamente la semana pasada me estaba diciendo que Dannier debería haber creado productos capilares.

Adam sonrió.

—Eso tendría mucho sentido, he oído que hay gente que mezcla la crema hidratante con su acondicionador. —Le tendió la mano a la mujer—. Soy Adam Campbell, el nieto de Richard.

—Denise Thompson —dijo ella estrechándosela.

Alfred se aclaró la garganta y señaló la carpeta que Adam tenía en la mano.

—¿Eso es para mí?

—Sí.

Alfred tomó la carpeta y se sentó para leer su contenido.

—¿Te gustaría beber algo? —preguntó Denise.

Adam negó con la cabeza mientras tomaba asiento.

—No, gracias.

—Entonces os dejo trabajar.

Cuando Denise salió de la habitación, Adam comenzó a hablar.

—Están cerca de declararse en bancarrota, pero estoy pensando en intervenir. Si lo hiciera, ¿estarías dispuesto a ayudarme?

Alfred se quedó congelado.

—¿Quieres que sea tu asesor?

—No, quiero que dirijas la empresa.

Alfred rio y cerró la carpeta.

—Soy un viejo, esos tiempos ya terminaron para mí.

—Yo te veo bien y no hay nadie que conozca esta empresa mejor que tú.

—¿Y qué opina tu padre de esto? Sabes que él me despidió, ¿no?

—Lo sé, y también sé que eso no era lo que mi abuelo quería.

Si su abuelo se hubiera salido con la suya, sin duda habría mantenido a Alfred en su puesto de vicepresidente hasta que este quisiera. Aunque el abuelo había estado orgulloso de la habilidad para los negocios de su hijo, siempre se había llevado mejor con Alfred porque compartían una perspectiva similar para los negocios.

Ambos habían priorizado los nuevos productos y se habían dado por satisfechos adoptando un enfoque más cauto en cuanto a la expansión global de la empresa, entrando en los países uno por uno y estudiando cada mercado antes de entrar en él.

Ellos nunca habrían adoptado el enfoque agresivo de su padre y entrado en varios países a la vez. Para maximizar los beneficios, su padre lo había aumentado todo, de la producción a la publicidad. Al principio tuvo éxito y entró con facilidad en el mercado latinoamericano, pero su incursión en Europa fue un fracaso absoluto.

Aunque había productos similares que les hacían la competencia en Europa, Adam no podía evitar preguntarse si Dannier habría tenido éxito de haber adoptado un enfoque más cauto. La metodología de su padre funcionaba de forma espectacular cuando funcionaba, pero no dejaba ningún margen para el fracaso.

—Además, lo que piense mi padre no importa. Cuando haga mi oferta, tengo la intención de adquirir plenos derechos de voto. —No iba a dejar que su padre tuviera voz ni voto en la empresa que había arruinado.

Alfred vaciló antes de devolverle la carpeta.

—Te agradezco la oferta, pero yo no hago milagros.

Bueno, al menos entendía lo duro que iba a ser el trabajo.

—No te estoy pidiendo que hagas ningún milagro, Alfred, solo lo mejor que puedas. —Adam sonrió—. Incluso podemos crear esos productos capilares en los que pensabas. —El hecho de que Alfred siguiera pensando en esas cosas solo reforzó la decisión de Adam de que era él quien debía dirigir la empresa. Dannier necesitaba alguien que tuviera pasión por la compañía, y Alfred la tenía.

Alfred se rio.

—Siempre me caíste bien.

—¿Eso es un sí?

—Hace mucho que no estoy en la industria —dijo Alfred tras una pausa.

Adam sonrió.

—Lo sé.

Adam sabía por el informe de investigación que el último trabajo de Alfred fue de contable para un concesionario de coches y podía leer entre líneas. Su padre lo había despedido sin hacerle una carta de recomendación y Alfred no había podido encontrar otro trabajo similar a ese.

—Pero no creo que la industria haya cambiado tanto. Quiero decir, es verdad que los grandes comercios captaron a un montón de nuestros clientes, pero los productos y el negocio base siguen siendo los mismos.

Alfred se lo estaba pensando cuando la voz de Denise les llegó desde otra habitación.

—Si no aceptas, te voy a dar una colleja.

Alfred rio y dijo:

—Entonces, supongo que es un sí.

Adam sonrió mientras le estrechaba la mano a Alfred.

—No te arrepentirás.

# CAPÍTULO VEINTICINCO

—Lo siento, Adam, pero no puedo ofrecerte un préstamo para Dannier —dijo Barry Kline por teléfono. Adam suspiró. Ya se había imaginado que conseguir un préstamo iba a ser mucho pedir teniendo en cuenta cómo estaban las cosas, pero tenía que intentarlo—. ¿Y qué te parecería hipotecar AC Developments? —le preguntó el banquero—. Podemos hacerlo con la misma tasa que antes.

—Te agradezco la oferta, pero no puedo.

Ya había dudado con el préstamo que había pedido para cerrar el trato con The Mansion, pero era una oportunidad demasiado buena como para dejarla pasar. Desde luego, él no quería ser tan imprudente como su padre había sido con Dannier. Sí, las cosas iban de maravilla con AC Developments ahora, pero en los negocios no había garantías, especialmente con lo sensibles que eran los precios de las viviendas y los centros comerciales a los caprichos de la economía.

—Lo entiendo. ¿Qué tal te va con The Mansion?

—Bien. Estamos ultimando el diseño, pero nuestra evaluación de costes preliminar se ajusta al presupuesto.

—Esa es una noticia estupenda —dijo Barry antes de enfrascarse en una charla sobre el estado de la industria inmobiliaria en el área triestatal.

Cuando colgaron, Adam sacó una hoja de cálculo en la que estaban reflejadas todas sus inversiones y sus precios de mercado estimados. The Mansion y el Plex estaban a la cabeza de la lista. Vender uno de ellos sería suficiente para cubrir los gastos de Dannier durante al menos dos años, pero, al igual que la última vez que miró la hoja, no quería vender ninguno. Había estado involucrado desde el primer día con el Plex y sabía que The Mansion sería un éxito una vez lo reformasen.

Sus inversiones con Luke y sus propiedades más pequeñas estaban por debajo e intentó unas cuantas configuraciones. Podría vender todo el complejo Star junto con otros dos complejos comerciales… Pero el Star fue el primer complejo que construyó. Muchos de los arrendatarios habían estado con él desde el principio y sentía que tenía una responsabilidad hacia ellos. Si vendiese los complejos, sería como si les estuviera dando la espalda.

Muchos de los arrendatarios eran tiendas familiares y no todos sobrevivirían si el nuevo propietario les subiese el alquiler a los precios del mercado actual. Sabía que estaba siendo un blando, pero no podía olvidar que habían confiado en él cuando aún no era nadie.

Podría introducir algún tipo de cláusula de control del alquiler en los términos del contrato, pero tendría que justificarlo con un precio de venta más bajo. Se pasó una mano por el pelo mientras sus pensamientos se desviaban hacia The Mansion. Al principio, lo había querido para vengarse de sus padres, pero, ¿no sería una venganza mucho más dulce hacerse con el control de Dannier?

Y, aun así, no era feliz. Más bien, se preguntaba por qué le había parecido tan importante vengarse y deseaba que su padre le hubiera contado sus problemas con Dannier antes. De haberlo hecho, las pérdidas habrían sido lo suficientemente manejables como para que no tuviera que vender ninguna propiedad, pero su padre era un orgulloso y quiso mantener las apariencias todo el tiempo posible.

Adam frunció el ceño. Vender The Mansion era la solución. No solo le permitiría continuar cuidando de sus arrendatarios y empleados, también sabía que el hotel estaría en buenas manos con Montgomery. El hecho de que seguramente consiguiese un buen precio y una venta rápida mejoraba aún más la opción.

Y haría feliz a Olivia. A ella le encantaría que su familia fuese la única propietaria del hotel otra vez. Echaría de menos trabajar con ella, pero quizá fuese lo mejor. Estaba empezando a encariñarse demasiado con ella, siempre quería llamarla y verla. Joder, no podía pasar ni una hora sin pensar en ella.

Con suerte, vender su parte del hotel le daría una mejor sensación de distancia y pondría un límite entre su relación de negocios y la personal. Era solo que no estaba seguro de quererlo.

* * *

Olivia se dirigía a la sala de reuniones cuando le sonó el móvil y se animó al ver el nombre de Adam. Como estaba tan ocupado con Dannier, apenas habían tenido tiempo de hablar durante la última semana.

—Hola, Adam —dijo mientras se apartaba a un lado para responder la llamada.

—Hola, Olivia. Solo quería decirte que voy a ofrecerle mi parte de The Mansion a tu padre hoy.

A Olivia le dio un vuelco el estómago al darse cuenta de que no la llamaba por razones personales antes de procesar lo que había dicho.

—Espera, ¿estás ofreciendo vendernos tu parte? —Él había sido inflexible en cuanto a no venderle el hotel entero a Montgomery.

—Sí. Necesito liberar fondos si quiero invertir en Dannier.

—Creí que tu amigo había dicho que eso era básicamente tirar dinero por el retrete. —Sabía que él iba en serio con lo de salvar la empresa, pero la sorprendía que para ello estuviera dispuesto a renunciar al proyecto que más posibilidades tenía de ser un éxito.

Era como revivir lo de Kevin Mayer y su cadena de pollo frito. Puede que el negocio ya no fuera la mina de oro de antes, pero era el que le apasionaba.

—Probablemente lo sea, pero nunca lo sabré si no lo intento.

Y Montgomery conseguiría The Mansion. Debería estar loca de contento con la noticia, era lo que llevaba tanto tiempo deseando. En lugar de eso, solo podía pensar en cómo afectaría a su relación.

—Estoy segura de que tu abuelo estaría orgulloso de lo que estás haciendo. Y gracias por decírmelo, te lo agradezco. —Al menos así no la pillaría por sorpresa cuando su padre se lo contase y la consoló el hecho de que Adam hubiera sido lo suficientemente considerado como para avisarla—. ¿Le vas a contar a mi padre el porqué? —No quería decir nada inapropiado si su padre le preguntaba.

—No tengo intención, pero tú puedes contárselo si te pregunta. —Pasaron unos segundos antes de que volviese a hablar—. Te he echado de menos.

Ella sonrió.

—Yo a ti también.

—No sé a qué hora saldré de la oficina esta noche. El equipo sigue trabajando en una oferta para Dannier, pero cenemos juntos mañana.

A ella le llenó de alivio darse cuenta de que su relación no iba a terminar solo porque fueran a dejar de ser socios. Hicieron planes para que él la recogiese al día siguiente después del trabajo antes de colgar y ella se dirigió a la sala de reuniones.

Eran casi las cuatro de la tarde cuando el padre de Olivia la llamó a su despacho.

—Me acaba de llamar Adam para decirme que quiere vendernos su parte de The Mansion —dijo en cuanto ella entró en la habitación—. ¿Va todo bien entre vosotros?

—Sí, pero quiere rescatar Dannier.

Su padre se rio.

—Por lo que he oído, Adam y su padre no se llevan muy bien que digamos.

Olivia sonrió. A su padre le pegaba haber investigado sobre Adam antes de hacer negocios con él. Para él el carácter era importante, tanto que quizá supiera más sobre la vida privada de Adam que sobre los detalles de su trato.

—Y no se llevan, pero es la empresa de su abuelo.

Los ojos de su padre reflejaron un brillo especulativo.

—Espero que mis nietos hagan lo mismo si algún día Montgomery está en aprietos. —Era como un perro con un hueso con el tema de los nietos y solo había ido a peor desde que ella empezó a salir con Adam.

—Yo más bien espero que nadie se vuelva a ver en esa situación —respondió ella, pensando en cómo su abuelo vendió The Mansion para salvar el banco familiar. Fue doloroso, pero lo hizo por la familia.

—Sé que piensas que estuvo mal que el abuelo vendiese The Mansion, pero, si no lo hubiera hecho, dudo que Montgomery Hotels existiese a día de hoy. Él se conformaba con solo un hotel, pero, tras ver cómo fue capaz de apoyar al banco con los beneficios de la venta, decidió que la riqueza de la familia no podía depender de una sola industria. Cuando las cosas se normalizaron en el banco, volvió con ganas y rápidamente abrió tres hoteles en cinco años. Y el resto es historia.

—El abuelo nunca lo explicó así.

Obviamente, ella sabía que su abuelo había abierto esos hoteles, pero él nunca había mencionado nada sobre el porqué ni cómo, al hacerlo, diversificó sus inversiones. Las historias que le habían contado eran más bien sobre cómo había importado los mejores mármoles para los suelos de The Mansion o cómo había ido corriendo al hotel durante su descanso para comer para asegurarse de que un importante diplomático se registrase sin ningún contratiempo. Era verdad que, en aquel momento, ella era una niña y probablemente no habría entendido nada si él le hubiera hablado de estrategias empresariales.

Su padre rio.

—Tu abuelo fue un hombre de negocios despiadado en sus mejores años, pero, a medida que se hizo viejo, se fue suavizando y se volvió más sentimental. Ese edificio llevaba años en la familia, primero con el banco y luego con el hotel. Aunque vender el hotel fue la decisión correcta, él odiaba haber perdido el edificio durante su gestión.

—Y ahora volverá a estar en nuestras manos. Si la oferta de Adam te satisface, claro está —dijo ella al darse cuenta de que no debería dar por hecha la venta. Su padre asintió con la cabeza y ella respiró aliviada.

—Desde luego, esto merece una celebración —dijo su padre—. ¿Qué te parece si cenamos en el hotel?

Era un cambio tan drástico en comparación con los días en los que le prohibió ir al hotel que Olivia no pudo evitar sonreír.

—Me apunto. Voy a llamar a Robbie.

Olivia estaba respondiendo a un email de un franquiciado que quería abrir otro hotel cuando alguien tocó dos veces a la puerta de su despacho. Ella levantó la mirada con una sonrisa, pensando que Adam había salido pronto del trabajo.

—Hola…

Se detuvo al ver a William.

Su ex sonrió mientras hacía un gesto hacia la puerta.

—Acabo de tener una reunión con mi abogado en el piso de abajo y pensé en pasar a saludar.

—¿Acuerdo prematrimonial? —adivinó Olivia. No dudaba que William hacía un trabajo magnífico en lo referente a sus clientes, pero sí que lidiase con cuestiones legales. No tenía ni pizca de paciencia para los pequeños detalles.

—Mi padre insistió —respondió él.

Olivia tuvo que refrenarse para no sacudir la cabeza. William llevaba toda la vida dejando que su padre tomase las decisiones por él y se preguntaba si alguna vez crecería. ¡Tenía casi treinta años, por el amor de Dios! Debería poder tomar esas decisiones importantes por sí mismo.

Aunque tenían situaciones diferentes, no pudo evitar compararlo con Adam, quien se había librado de las garras de sus padres a los dieciocho años.

—No te parece bien —dijo William, y ella se encogió de hombros.

Ella no era quién para juzgar si él debía tener un acuerdo prematrimonial o no. En general, la idea no le gustaba (prepararse para el fin de un matrimonio antes incluso de que tuviera lugar tenía algo de cínico y mercenario), pero era lo suficientemente práctica para saber que los contratos eran necesarios cuando había riqueza y acciones de por medio.

—Sé que piensas que el amor debería durar para siempre —continuó él—, pero ya sabes cómo son las cosas.

—Lo sé —murmuró ella sin molestarse en decirle la razón por la que no le parecían bien sus actos. Si él quería un acuerdo prematrimonial, debería reconocerlo, no culpar a su padre. Y, si no lo quería, debería luchar por aquello en lo que creía.

—Y no es como lo nuestro, ¿sabes? —dijo mirándola con ojos tiernos—. Es decir, llevo poco más de un año saliendo con Penelope.

Olivia empezó a oír en su cabeza las alarmas que le decían que quizá él quisiera volver, pero recordó que estaba hablando con William. Él no iba en serio con lo de retomar la relación. Probablemente le habían entrado los nervios y eso se unía a su falta de autoestima crónica. Había olvidado esa característica suya y lo poco atractiva que podía llegar a ser.

—No exageres con nuestra relación —contestó Olivia—. Sabes bien que deberíamos haberlo dejado mucho antes de lo que lo hicimos. Nos estábamos acomodando en una amistad más que en un amor intenso. —Sonrió para amortiguarle el golpe—. Estoy bastante segura de haber oído que saliste de fiesta cada noche cuando lo dejamos. —William se ruborizó y ella continuó—. No habrías hecho eso si de verdad hubieras sentido algo por mí.

Y ella no se habría sentido tan aliviada de que él no fuera a seguir haciéndola seguir culpable por no pasar suficiente tiempo con él. Claro que le hirió en el orgullo oír lo mucho que él estaba disfrutando de la vida de soltero, pero fue eso, su orgullo. Su corazón quedó intacto.

—Era joven…

—Pero sincero contigo mismo —le interrumpió Olivia—. Admitámoslo, hacia el final nos estábamos sacando de quicio el uno al otro.

Él se calló y ella casi pudo ver cómo estaba recordando las discusiones.

—William, no hagas esto —dijo Olivia—. Le pediste matrimonio a Penelope, ¿no? —Él asintió con la cabeza, aunque de mala gana—. Estoy segura de que no lo habrías hecho si no tuvieras una buena… —Se quedó congelada al ver a Adam en su puerta.

—¿Tú otra vez? —dijo él entrando en la habitación. Murmuró un saludo a Olivia antes de besarla y después se sentó al lado de William con el tobillo apoyado sobre la rodilla —. Me pregunto qué diría tu prometida si se enterase de todas las visitas que le haces a Olivia.

—¡No metas a Penelope en esto! —respondió William, y Adam arqueó las cejas.

—Entonces más vale que dejes en paz a mi novia.

La dureza en su tono de voz hizo que Olivia interviniese.

—Ya está bien, los dos. —Se volvió hacia William—. Creo que es mejor que no nos veamos durante un tiempo.

Él abrió mucho los ojos.

—No lo dices en serio.

—La verdad es que sí. No creo que podamos ser amigos hasta que no te des cuenta de que nunca vamos a volver juntos.

—Es por él, ¿no? —William miró a Adam con desdén. Ella estaba a punto de negarlo cuando él continuó—.

¿Sabes? Hoy no es la primera vez que me amenaza. Vino a mi despacho y dijo que le contaría a Penelope que quería volver contigo si no me alejaba de ti.

Ella parpadeó, sorprendida de que se inventase algo así. William era muchas cosas, pero no un mentiroso. Tras un momento, se dio cuenta de que Adam no estaba negando las afirmaciones de William y sintió un peso en el estómago. Las negaría si fueran falsas, ¿no?

Sabía que tenía que lidiar con los problemas de uno en uno, así que se centró en William.

—Creo que es mejor que te vayas.

—Vale —dijo él enderezándose—. Llámame cuando te canses de él —añadió antes de salir de la habitación hecho una furia.

—Lo siento —le dijo Adam cuando estuvieron solos—, pero sabes que tenía razón. Te quiere para él.

Olivia parpadeó para contener las lágrimas. No había forma de que lo entendiera.

—No confías en mí —dijo ella mirándolo a los ojos.

Él soltó un improperio mientras se pasaba la mano por el pelo y gesticulaba hacia ella.

—Lo dijiste tú misma. Tienes una conexión con él y es obvio que él quiere recuperarte. ¿Qué querías que hiciera? ¿Ignorarlo?

—¡Sí! Eso es exactamente lo que deberías haber hecho. —Se dio cuenta de que estaba gritando, así que se levantó y cerró la puerta. Por suerte, la mayoría de los trabajadores ya se habían ido. No necesitaba público—. Nunca hubo ningún riesgo de que te dejase por él o te engañase —dijo mientras se giraba hacia él. Ella nunca haría algo así.

—Ya lo sé. Confío en ti, pero no pude evitarlo, ¿vale?

—¿Te imaginas cómo serán las cosas cuando tenga que irme de la ciudad por trabajo? Vas a pensar que estoy con otros hombres todo el tiempo que esté fuera.

Olivia sintió una punzada en el pecho porque lo que había dicho era cierto y supo que su relación nunca resistiría el cambio de su carrera como ella quería. Pasaría semanas fuera de la ciudad.

—Eso no es verdad —dijo él poniéndose en pie—. Yo no…

—No puedo estar con alguien que está constantemente esperando que pase algo malo. —Solo estaban retrasando lo inevitable. Si dejaba pasar eso, él encontraría otra forma de entrar en conflicto y, francamente, ella merecía algo mejor. Era mejor dejarlo ahora, antes de que se enamorase aún más de él.

Porque se dio cuenta, como atontada, de que estaba enamorada de él. Si no fuera así, no sentiría que se le estaba rompiendo el corazón en un millón de pedacitos.

Había sido una tonta. Sabía que no tenían futuro. Él no quería hijos. Joder, ni siquiera creía en el matrimonio. Pero ella había decidido ignorar todo eso para disfrutar del presente y ahora le había salido el tiro por la culata.

Él apretó la mandíbula.

—Entonces, ¿se acabó?

Ella asintió con un nudo en la garganta. Debía ser así.

—Muy bien. Espero que tengas una buena vida. —Adam prácticamente escupió las palabras antes de irse.

Cuando se hubo ido, Olivia cerró la puerta con pestillo y soltó las lágrimas que había estado conteniendo.

# CAPÍTULO VEINTISÉIS

Adam fingía mirar sus emails en el móvil con desinterés mientras su padre ojeaba su propuesta de rescate para Dannier. Se había esperado que su padre trajese abogados y asesores, pero, cuando vio que se presentó solo en su despacho, decidió que él tampoco llevaría a nadie a la reunión. Era un asunto familiar, así que lo iban a mantener en familia.

Su padre pasó una página y soltó un improperio.

—Eres un auténtico cabrón, ¿lo sabías?

Adam lo miró riéndose.

—Te estoy dejando mantener una participación del quince por ciento en la empresa, creo que es más que justo en estas circunstancias.

—Y también pretendes echarme.

—Sí. No quiero darle a la gente que ha hundido la empresa en la miseria la oportunidad de volver a hacerlo con mi dinero.

Sin duda, a su padre le enfurecía más perder el acceso a

la tarjeta de crédito de la empresa que cualquier otra cosa. Su padre y su madre habían disfrutado de muchas ventajas a cuenta de la empresa y eso iba a terminar ahora mismo.

—¿Y las distribuciones?

Sí, Adam tenía toda la razón. Lo único que le importaba a su padre era el dinero.

—No se hará ninguna distribución hasta mucho después de que la empresa empiece a ver beneficios y, cuando eso ocurra, puede que decida reinvertir los beneficios en la empresa. —Después de la forma en la que sus padres habían tratado a su tía y su primo, quería darles a probar su propia medicina.

El rostro de su padre enrojeció y Adam rio. Su padre no seguiría allí si la oferta fuera tan mala como la estaba pintando. Francamente, Adam dudaba que su padre se hubiera contentado con nada menos que el control total de la empresa, algo que nadie en su sano juicio le daría tras lo que había hecho.

Teniendo en cuenta que Adam ni siquiera estaba seguro de que fuera a recuperar su dinero, la oferta era más que justa, pero tenía que intentarlo. Sin duda, Olivia lo habría hecho de haber estado en su lugar. Sintió una punzada en el pecho al pensar en ella. Por lo que parecía la enésima vez, se preguntó dónde estaría y qué estaría haciendo. Odiaba no saberlo y odiaba no tener el derecho a saberlo. Era consciente de que lo que había hecho estaba mal y entendía las razones por las que ella había roto con él, pero desde entonces no se sentía bien. Era como si le faltara una gran parte de sí mismo y solo ella pudiera completarlo.

Durante la última semana había cogido el teléfono

muchas veces para llamarla, pero nunca lo había hecho. Le asustaba estar dispuesto a suplicarle que le diera otra oportunidad. Nunca había querido que nadie tuviera ese tipo de control sobre él, pero, no sabía cómo, ella lo tenía. Su cabeza le decía que ella había hecho bien poniendo fin a la relación, pero su corazón no podía aceptarlo. Aun así, se había mantenido alejado de ella. Le había hecho daño y sabía que volvería a hacérselo si le perdonaba. No estaba hecho para las relaciones, nunca lo había estado.

—¿A quién vas a poner al mando? ¿Le conozco? —La voz de su padre desencadenó recuerdos de todas las cosas que sus padres se habían hecho el uno al otro, todas en nombre del amor, y supo que Olivia había tomado la decisión correcta.

Sí, ahora dolía, pero el dolor de la despedida sería peor si continuaban viéndose. Puede que ella no le pusiera los cuernos, pero querían cosas diferentes en la vida. Llegaría un punto en el que ella estaría resentida con él y, por mucho que quisiera estar con ella, que llegase a odiarlo lo mataría.

—A Alfred Thompson —dijo respondiendo a la pregunta de su padre. Este escupió.

—¿A ese vejestorio? ¿Me vas a reemplazar por él?

Adam sabía que no tenía que dar explicaciones, así que asintió y señaló el acuerdo que estaba en frente de su padre.

—Esa oferta no va a durar eternamente. —Puede que no tuviera su vida personal en orden, pero al menos sí la profesional.

* * *

Olivia suspiró mientras se dirigía al despacho de su padre con el material de Yosemite. Él la había llamado y le había dicho que quería hablar con ella de su propuesta. En circunstancias normales, habría estado emocionada con el desarrollo de los acontecimientos, pero se imponía ese sentimiento de insensibilidad que la había invadido desde que terminó la relación con Adam.

Sin embargo, por mucho que se arrepintiese, sabía que había tomado la decisión correcta. Aparte de sus puntos de vista diferentes sobre la familia, no podía estar con alguien que no confiaba en ella. Si no había confianza, ¿qué les quedaba?

Odiaba pensar que para él la relación solo había estado motivada por la lujuria, pero algo le decía que así era. Se recordó a sí misma que los «cómo» y los «por qué» ya no importaban porque la relación había terminado, así que forzó una sonrisa mientras entraba en el despacho de su padre. No iba a dejar que su vida personal interfiriese con el trabajo.

—Hola, papá.

—Hola, cariño. Siéntate. —Ella lo hizo y no pudo evitar darse cuenta del brillo en los ojos de su padre—. Acabamos de comprar la ubicación de The Old Lodge —dijo su padre, refiriéndose al hotel abandonado en Yosemite que ella había sugerido comprar para el hotel de su propuesta—. Y el terreno de al lado.

—Espera, ¿has aprobado mi hotel de Yosemite? —preguntó ella, sorprendida. Pensaba que su padre le pondría más pegas a su propuesta y que ella tendría que hacer cambios antes de que él lo examinase más a fondo, no que la aprobaría de repente.

—Sí. No quería que te hicieras ilusiones en caso de que rechazasen nuestra oferta de compra.

—¡Gracias! —dijo ella levantándose para abrazarlo—. Espera… ¿Cuánto terreno habéis comprado? —La propiedad tal y como estaba ya era lo bastante grande para permitir las rutas de senderismo y los paseos a caballo que había planeado.

—Un poco menos de doscientas cincuenta hectáreas.

Miró boquiabierta a su padre. ¿Se había vuelto loco? ¿Qué iban a hacer con doscientas cincuenta hectáreas? ¿Construir un centro de convenciones?

—Tengo algunas ideas para ese sitio, campo de golf incluido.

Ella rio. Por supuesto que las tenía. Su padre había empezado a jugar al golf mientras se recuperaba de su ataque al corazón y se había aficionado. Se puso nerviosa de pronto al darse cuenta de lo grande que iba a ser el proyecto, pero, al mismo tiempo, estaba emocionada por poder al fin avanzar un paso más hacia su sueño de tener su propia línea de hoteles.

—¿Crees que podremos usar algunos de mis diseños? —Había incluido algunos bocetos de cómo visualizaba los edificios y los interiores en la propuesta, aunque tendría que revisarlos para tener en cuenta el espacio extra. Necesitarían más habitaciones de huéspedes además de otro restaurante, y quizá incluso otra sala de conferencias.

Su padre asintió.

—Desde luego. Me encanta el toque rústico. Es diferente

a lo que solemos hacer, pero se adapta al entorno. —Su padre sonrió y le dio unas palmaditas en el brazo—. Haré que James McAllister te ayude —le dijo, refiriéndose a la persona a cargo de los nuevos proyectos—. Y que Donovan te releve en tus deberes con The Mansion.

—Estoy… —Sacudió la cabeza, sin palabras—. Muchas gracias por creer en mí y en este proyecto —dijo cuando al fin pudo hablar—. De verdad que significa mucho para mí. Sé que no fui de mucha ayuda cuando Gen Capital conspiró con Parker para falsear las cuentas, pero te prometo que esta vez lo haré mejor.

—Pero ¿qué dices? No sé lo que habría hecho sin ti. Hiciste que todo fuera como la seda mientras me recuperaba.

—Pero hice que perdiéramos nuestro hotel principal. No debería haberles permitido cambiar nuestra gestión por la de Parker.

—Yo habría hecho lo mismo si hubiera estado allí. Y, si hubiéramos demandado, seguramente aún seguiríamos teniendo que aguantar a esos cabrones como socios. No voy a decir que no me dolió perder el Whitcombe, pero nos ahorramos un montón de problemas a largo plazo al vender. ¿Llevas todo este tiempo sintiéndote culpable?

—Por supuesto. Rendirte no era tu estilo, habrías luchado con uñas y dientes de haber estado allí.

—Admito que odio que se rían de mí, pero no merecía la pena luchar por eso. Gen Capital peleaba contra nosotros en cada mínima oportunidad. Por entonces, las ventas se estaban estancando y hacía mucho que el hotel necesitaba actualizarse. —Negó con la cabeza—. No paraban de posponer las conversaciones sobre la reforma por los costes y me di cuenta de que no era así como quería dirigir la empresa. El hecho de que Mehti siga peleando con ellos casi dos años después por sus propios problemas reafirmó la idea de que tomamos la decisión correcta —dijo, refiriéndose a otro director de hotel con el que Gen Capital había usado la misma táctica—, pero siento que nunca hablásemos sobre ello. Te habría dicho algo si hubiera sabido que te sentías culpable. En ese momento, solo estaba furioso porque alguien me había engañado.

Las palabras de su padre calmaron un poco su culpa, aunque una parte de ella seguía pensando que todo había pasado bajo su mando y, por esa razón, era responsable en parte. El hecho de que su padre hubiera elegido volver a confiar en ella le dio una lección de humildad y se prometió a sí misma en silencio que no lo decepcionaría.

Adam miraba cómo Alfred y su mujer socializaban con los empleados de Dannier. Iban a anunciar el cambio de dirección ese día y, para salvar las apariencias, sus padres habían organizado una pequeña fiesta, como si se tratase de una fiesta de jubilación en lugar de la absorción que realmente era.

Él habría preferido anunciarlo de forma más simple, pero pensó que les permitiría a sus padres hacer el paripé. Aunque había rumores de que a la empresa le iba mal, no era nada concreto y prefería no alimentarlos.

—No esperes ninguna herencia —dijo su madre al pasar

por su lado, y él se aguantó las ganas de sonreír. Según sus cálculos, hacía años que lo habían sacado del testamento.

—Lo tendré en cuenta.

Su madre sujetó con más fuerza la copa de champán que tenía en la mano.

—Siempre fuiste un cabrón insufrible. ¿Por qué no podías ser más como tu hermano?

—Si lo fuera, esto sería una venta por liquidación en lugar de una fiesta de jubilación.

—¿Crees que desplumar a tu padre es divertido? —le preguntó volviéndose hacia él.

—No es robar después de lo que él le ha hecho a la empresa. —A decir verdad, el trato que les había ofrecido a sus padres era mejor que el que habrían conseguido en cualquier otro sitio, pero eran esa clase de personas que nunca estaban contentas con lo que tenían.

—Siempre con tu superioridad moral. Estoy deseando que llegue el día en el que te bajen los humos —dijo ella, indignada, antes de dirigirse a un grupo de personas que él no reconoció.

Meneando la cabeza, Adam miró hacia la habitación y vio a Denise y Alfred hablando solos en un rincón. Se dirigió hacia ellos y, cuando estuvo más cerca, vio que se habían dado la mano. Qué monos.

—¿Nervioso? —le preguntó a Alfred.

—Sí —respondió este mirando a su alrededor—. Es un poco raro verlo todo tan diferente y a la vez tan similar, pero me alegra ver tantas caras conocidas. —Sonrió y miró a su mujer—. Soy muy afortunado de que Denise esté aquí conmigo.

Denise se ruborizó y le dio un golpecito a su marido en el hombro.

—Calla, tonto.

—No, es verdad —dijo Alfred volviéndose hacia Adam—. La vida nunca ha sido igual desde que tu padre me echó, pero… —Se le quebró la voz antes de continuar— Ella ha estado conmigo en las buenas y en las malas. No sé qué habría hecho sin ella. —Miró a su mujer con adoración y Adam no pudo evitar recordar la forma en la que el padre de Olivia miraba a la suya y Luke miraba a Samantha.

Su padre dio unos golpecitos en el micrófono para llamar la atención de la gente. Adam buscó a su madre con la mirada y la encontró haciendo contacto visual con uno de los camareros en la otra punta de la habitación. En ese momento, se dio cuenta de lo distinta que era su relación en comparación a la de Alfred y Denise.

Denise había apoyado a Alfred en las buenas y en las malas y, aunque su madre estaba allí, era solo para guardar las apariencias, no para ofrecer apoyo moral. Si no fuera así, no estaría flirteando con un camarero al que le doblaba la edad. Aunque Adam sabía que esa era su manera de devolvérsela a su padre después de todas sus aventuras, no pudo evitar sentir lástima por ellos. Se habían querido un día, pero parecía que lo único que hacían ahora era herirse mutuamente.

El matrimonio de sus padres jamás habría sobrevivido a lo que Alfred y Denise habían pasado. En lugar de debilitarse, ellos se habían hecho más fuertes apoyándose y estando ahí para el otro. Parecía una locura, pero tenía sentido. ¿Acaso no se sentía él más fuerte cuando estaba con Olivia? ¿Más feliz? Sí, quererla era una debilidad, pero los beneficios superaban con creces al precio a pagar.

La gente empezó a aplaudir. Adam levantó la mirada y vio a Alfred subir al escenario. Sabía que lo tenía todo controlado, así que se dio la vuelta para irse. Tenía que ver a Olivia.

# CAPÍTULO VEINTISIETE

Olivia estaba haciendo una lista de todo lo que necesitaba hacer en su viaje a California de la semana siguiente cuando alguien tocó al timbre. Ella miró su teléfono y se sorprendió al ver a Stacy y su guardaespaldas.

—Ya voy —dijo a través de la app, y fue hasta la puerta rápidamente. La abrió y vio a su amiga con una bolsa enorme de comida.

—¡He traído comida italiana!

Se le ablandó el corazón al ver cómo Stacy intentaba animarla. Aunque Olivia no estaba de humor para hablar de la ruptura, agradecía tener una amiga que se preocupase tanto por ella.

—Siempre apareces en el momento oportuno. Estaba a punto de pedir algo para cenar.

—¡Genial! Voy a prepararlo todo y después puedes contarme lo de tus planes para Yosemite.

Stacy estaba básicamente diciéndole que no tenía por qué hablar de Adam si no quería. Olivia no sabía si era por eso o por el hecho de que su amiga había pasado por una situación similar, pero rompió a llorar.

—Debería haber roto con él cuando me di cuenta de que no teníamos futuro —dijo Olivia cuando al fin pudo hablar. Había visto banderas rojas por doquier, pero las había ignorado intencionadamente—. Me engañé a mí misma pensando que podía simplemente disfrutar el presente, pero en el fondo tenía la esperanza de hacerlo cambiar de idea.

Stacy le pasó la mano por la espalda para consolarla.

—Los hombres casi nunca piensan en sentar la cabeza. Es una de esas cosas que se acercan sigilosamente.

—Pero debería haber hecho caso a las señales. Por muy perfecto que fuera como novio, no queríamos las mismas cosas. Si eso no es la receta para el desastre, no sé qué lo será.

—Ya. William puede ser un capullo a veces, pero aún no me puedo creer que Adam pensase que le estabas engañando con él, en serio.

—¡Y que sintiera la necesidad de amenazar a William! Como si yo no pudiera controlarme estando a su lado.

—Eso significa que le importas.

—Pero no es suficiente. —Sí, le importaba, pero no confiaba en ella en absoluto—. Supongo que debería estar agradecida de que la visita de William me demostrase cómo es Adam de verdad antes de que me enamorase aún más de él, pero ahora mismo estoy agotada.

Al fin había conseguido todo lo que siempre quiso: que su familia recuperase The Mansion, su propio hotel… Pero, aun así, no era feliz, y todo era por culpa de Adam.

—Lo siento mucho, cariño —dijo Stacy dándole un abrazo.

—Estoy segura de que me recuperaré con el tiempo —mintió Olivia, más a sí misma que a su amiga. Cuando lo dejó con William apenas sintió nada, pero, ahora, parecía que se estaba muriendo por dentro. No estaba segura de si se recuperaría algún día. Olivia forzó una sonrisa y le agarró la mano a su amiga. —Gracias por venir.

—Pues claro, aunque deberíamos comer antes de que se enfríe. —Se dirigieron hacia la mesa del comedor y Olivia se puso a recoger todo lo del trabajo que había dejado allí.

—Espera, quiero echarle un vistazo a todo —dijo Stacy, refiriéndose a los bocetos y los planos de planta que Olivia había extendido en la mesa.

Stacy rio al asimilar todo lo que estaba viendo.

—Lo tienes todo preparado.

—He tenido mucho tiempo para pensarlo —murmuró Olivia mirando el boceto del vestíbulo.

Estaba pensando en lo impecable que sería la experiencia del registro desde el momento en que el huésped llegase al hotel cuando frunció el ceño. Había pasado más tiempo trabajando en el diseño del hotel que en la propuesta comercial.

Pensaba que había superado su sueño de ser arquitecta, pero el hecho de que hubiera incluido esos elaborados diseños conceptuales y planes de planta en sus propuestas demostraban que no era cierto. Se había dicho a sí misma que dibujar todo la ayudaba a ver y entender mejor las cosas, pero la verdad era que le encantaba diseñar y había intentado buscar la forma de combinar esa pasión con su trabajo en Montgomery.

Al incluir diseños en sus propuestas, había hecho las partes que disfrutaba: imaginar y dibujar. Ya fuera intencionadamente o no, había evitado las críticas mostrando sus diseños solo a unos pocos elegidos.

No se le había pasado por alto que las críticas en Estudio Arquitectónico eran lo que más le había costado gestionar en la universidad. Siempre le había encantado el diseño, pero intentar incorporar los consejos de todo el mundo había sido una tortura. Se había pasado horas intentando mejorar sus diseños, a menudo más tiempo incluso del que había dedicado al diseño original, y aun así no había sido suficiente.

No pudo evitar pensar en Seth, quien también lo había pasado mal en la universidad. Pero, en lugar de abandonar, persistió. Nunca se había considerado una cobarde, pero había actuado como una en ese aspecto. La universidad le costaba y la dejó en cuanto le surgió la oportunidad de hacer algo diferente, algo más fácil. Lo peor de todo era que nunca consideró seriamente volver y terminar sus estudios cuando su padre se recuperó. Se había autoconvencido de que sus sueños habían cambiado cuando, en realidad, le había dado miedo fracasar.

—Qué ciega he estado —murmuró.

—¿Eh?

—Me autoconvencí de que no quería seguir con la carrera de arquitectura, pero he seguido diseñando a cada oportunidad que he tenido. En realidad, nunca he abandonado mis sueños, solo los he reprimido, y a lo grande.

Stacy se rio.

—Disfrutabas trabajando con tu familia, así que tampoco ha sido tan malo.

—Elegí el camino fácil —respondió Olivia meneando la cabeza. Pero ya no iba a ser así—. Voy a terminar este proyecto y después voy a volver a la universidad —decidió de repente. No quería arrepentirse de nada cuando pasasen los años.

* * *

Olivia acababa de salir de la ducha cuando sonó el timbre.

Se preguntó quién habría ido de visita a esas horas y, cuando miró su teléfono, le sorprendió ver a Adam. Aunque una parte de ella quería ignorarlo, la otra se lo bebía con los ojos. Lo había echado de menos.

—Salgo en un minuto —dijo mientras se ponía un albornoz. Después, bajó las escaleras corriendo con la cabeza hecha un lío. ¿Había ido a disculparse? ¿Quería ella que se disculpara?

Abrió la puerta y ambos se miraron sin hablar. Tras lo que pareció una eternidad, él rompió el silencio.

—¿Puedo pasar?

Ella asintió y se hizo a un lado con un nudo en la garganta.

—Siento mucho la forma en la que actué —dijo él cuando estuvo dentro—. Sé que no lo parece, pero confío en ti. —Adam sacudió la cabeza—. Siempre pensé que el amor era una debilidad, algo que alguien podía usar contra ti. Cuando me di cuenta de que me estaba enamorando de ti, entré en pánico. Nunca había sentido algo así y me asusté, así que te aparté. Y luego, cuando vi a William... —Suspiró—. Si hubiera estado pensando con claridad, habría sabido que nunca me traicionarías, pero supongo que a una parte de mí le preocupaba que él estuviera dispuesto a darte lo que yo no podía. —Él le agarró las manos y las unió con las suyas—. Pero ya no tengo miedo. Lo único que me da miedo es perderte. Te quiero.

A Olivia se le aceleró el corazón.

—¿Me quieres?

Él le sujetó la cara con las manos y la miró con sinceridad.

—Sí. No puedo prometerte que no volveré a ponerme celoso, porque sé que no sería cierto, pero te prometo que siempre confiaré en ti y no volveré a hacer nada a tus espaldas.

Ella parpadeó para evitar las lágrimas.

—Yo también te quiero. —Se sintió llena de felicidad, pero la realidad la golpeó. ¿Cómo se tomaría él lo de su trabajo en California? —. ¡Ah! No te lo había dicho... Mi padre ha aprobado mi propuesta de Yosemite.

—Enhorabuena —dijo él con una gran sonrisa mientras la abrazaba—. Sabía que podías hacerlo. —Antes de que ella pudiera expresar sus preocupaciones sobre irse tan lejos, él añadió—: Y te voy a apoyar en todo lo que hagas. Si eso significa seguirte a donde sea que vayas a construir un hotel, lo haré.

A ella se le ablandó el corazón y le besó.

—Solo será para este hotel —explicó cuando se separaron—. Después, voy a volver a la universidad. —Sacudió la cabeza—. Todo este tiempo me había dicho a mí misma que había superado mis sueños y estaba feliz de trabajar con mi familia, pero, en realidad, me daba miedo el fracaso.

—Más vale que te estés refiriendo a la escuela de arquitectura —dijo él, y ella rio.

—Sí.

—Entonces te apoyo al cien por cien. Sé que no ha sido una decisión fácil, pero me alegro de que hayas decidido perseguir tus sueños. Con el sentido del diseño que tienes, sé que vas a ser una arquitecta increíble.

Ella sintió calor en las mejillas.

—Gracias.

—Probablemente no debería admitir esto, pero, aunque odio que dudes de ti misma, me alegro de que te quedases en Montgomery más tiempo de la cuenta, porque eso te trajo hasta mí.

—Seguramente nos habríamos conocido en la gran inauguración del hotel.

—Quizá, pero no habría podido trabajar contigo y llegar a conocerte como lo hice.

—A lo mejor eso habría sido bueno. Me imagino que no fue fácil trabajar conmigo y con mi empeño de preservar lo máximo posible la visión de mi abuelo.

—No fuiste lo que me esperaba, desde luego, pero disfruté mucho trabajando contigo. Tu pasión por el hotel era contagiosa y me hizo ver las cosas con una perspectiva totalmente distinta.

Ella suspiró y lo besó. Qué cosas tan bonitas decía.

La mirada de Adam se oscureció mientras jugueteaba con el albornoz de Olivia.

—Estás desnuda debajo de esto, ¿verdad?

Ella asintió, riendo, y él gimió. Le agarró de la mano y el deseo se abrió paso en su estómago.

—Vamos —dijo ella mientras lo guiaba por el pasillo.

Nada más entrar en la habitación, él la atrajo hacia sí y la besó

—Te he echado de menos —dijo él tocándole la cara.

—Yo a ti también —murmuró ella antes de que él volviera a besarla.

Él le mordió el labio, se separó y le desabrochó el albornoz, bebiéndose su cuerpo desnudo con los ojos.

—Túmbate —dijo él bruscamente.

Ella sintió un escalofrío al oír sus palabras y le obedeció. Adam cubrió el cuerpo de Olivia con el suyo y la besó hasta dejarla sin aliento. Repartió besos por su garganta y luego mordisqueó el punto sensible en la base de su cuello, provocándole oleadas de placer.

Olivia necesitaba tocarlo, así que empezó a desabotonarle la camisa. Él se sentó y se la quitó con un gemido, revelando sus músculos tonificados antes de volver hacia ella, quien lo recibió con los brazos abiertos y disfrutó el tacto de sus músculos duros mientras lo recorría con las manos.

Él le lamió un pezón, haciendo círculos con la lengua, volviéndola loca y haciéndole sentir cómo se acumulaba la humedad entre sus piernas. Lo necesitaba ya, así que se puso sobre él para quitarle el cinturón. Le desabrochó los pantalones con rapidez y se los quitó junto con los bóxers.

Cuando él la guio hacia su pene, Olivia sintió una excitación deliciosa y sus gemidos se mezclaron en el aire. Puso las manos sobre el pecho de Adam mientras se movía y se deleitó en la forma en que él la miraba.

—Estás buenísima —dijo Adam mientras le acariciaba el clítoris, revolucionando sus terminaciones nerviosas. Ella también quería volverlo loco, así que aumentó el ritmo. Poco después, sus músculos empezaron a contraerse alrededor de Adam y explotó.

Con un gemido, él se puso sobre Olivia, colocó una de sus piernas sobre su hombro y retomó el ritmo. A ella la invadieron todas las sensaciones cuando él dio con el punto indicado y pronto volvió a estar cerca del éxtasis.

—Córrete conmigo —dijo él y, cuando lo hizo, el placer fue tan intenso que gritó.

# CAPÍTULO VEINTIOCHO

El lunes por la mañana, Olivia se mordió el labio al acercarse al despacho de su padre. Con suerte, no se decepcionaría demasiado cuando le contase sus planes de volver a la universidad.

Ella siempre había sabido que su padre quería que uno de sus hijos lo sustituyese en Montgomery y, aunque había disfrutado trabajando allí, tenía más que ver con el hecho de que estaba trabajando en el legado familiar que con que de verdad le gustase el trabajo.

No se arrepentía del tiempo que había pasado allí, pero le habría gustado darse cuenta antes, antes de que su padre se gastase millones en el terreno de Yosemite. Aún quería completar el proyecto, pero entendería que él lo descartase por completo. A su padre le gustaba soñar a lo grande y quizá un hotel independiente con un enfoque distinto no mereciese el esfuerzo.

Olivia llamó a la puerta y su padre le dedicó una amplia sonrisa.

—¡Olivia! ¡Pasa! —dijo mientras le hacía un gesto para que entrase—. ¿Cómo van los preparativos para el viaje? —le preguntó, refiriéndose a su viaje a Yosemite a finales de semana.

Ella se sintió aún peor al ver lo emocionado que estaba. Lo había presionado mucho para que aprobase una de sus propuestas y, ahora que había comprado el terreno, ¿ya no quería seguir trabajando en la empresa?

No quería que se hiciera más ilusiones, así que lo soltó de repente.

—He decidido volver a la universidad. —La sonrisa de su padre desapareció y ella añadió rápidamente—: Aun así, me encantaría seguir a cargo del proyecto o trabajar en cualquier puesto si decides seguir adelante con el hotel —No solo no quería dejar nada a medias, sino que también se había enamorado de su concepto y quería ser la que lo volviese realidad—, pero sería algo individual y no la minicadena que había planeado en un principio. Lo siento.

Su padre suspiró.

—No tienes que disculparte por nada. Supongo que es un milagro que te hayas quedado tanto tiempo. Siempre supe que querías ser arquitecta, pero pensé que ayudar con las reformas como gestora de relaciones sería suficiente para satisfacer a la diseñadora que llevas dentro.

—En parte lo fue, pero quiero algo más que diseñar de forma ocasional. Y, cuando lo haga, no quiero tener que delegar en un arquitecto porque no tengo las habilidades necesarias.

—Debí haberme dado cuenta de que no sería suficiente.

¿Estás segura de que quieres seguir adelante con el hotel de Yosemite? No te culparía si no quisieras, ya has hecho mucho por mí y por la empresa. Sé que lo he dicho muchas veces, pero no sé lo que habría hecho sin ti. Saber que estabas en la oficina mientras yo me recuperaba en casa me dio la paz mental necesaria para poder centrarme en mi salud.

—Poder trabajar contigo era mi parte favorita de este trabajo y creo que por eso me he quedado tanto tiempo. Y sí, quiero continuar con el proyecto. Lo he soñado durante tanto tiempo que es como si fuera mi bebé.

—Te entiendo. Todavía recuerdo cuando construí mi primer hotel. —Lo pensó durante un minuto y asintió—. Si de verdad lo sientes así, entonces seguiremos adelante con el proyecto contigo al mando. Es un experimento caro para probar, pero, si realmente hay demanda para esos hoteles para aventureros, seríamos los primeros en sacar provecho de ello a lo grande.

No estaba enfadado con ella.

Olivia suspiró aliviada mientras su padre seguía hablando sobre cómo su cartera de clientes se estaba volviendo cada vez más joven y cómo los hoteles como ese podrían distinguir a Montgomery de la competencia. Se había pasado el fin de semana enferma de preocupación pensando en hablar con él y ahí estaba él, hablando sobre cómo su concepto podría hacer crecer el negocio de Montgomery.

Su padre era simplemente increíble y ella agradeció rápidamente y en silencio tener una familia tan maravillosa.

* * *

¿Es que no se iban a ir nunca esos empresarios?

Adam se quejó para sus adentros mientras cogía otro sándwich de la bandeja de tres pisos. Como a Olivia no le gustaba ser el centro de atención, él había querido cerrar el salón de té de The Mansion para pedirle matrimonio, pero eso la habría hecho sospechar. Al final, se decidió por ir más tarde, por la noche, y cerrar el restaurante temprano para que estuviera vacío cuando él se le declarase.

Lo había planeado todo en su cabeza: la presentación del té modificada (normalmente era un bufé por las tardes), las luces decorativas que el camarero encendería en cuanto les sirvieran el postre, la pedida de mano… Pero lo que no había planeado es que habría dos comensales en otra mesa que parecían dispuestos a quedarse hablando toda la noche. Podría pedir que les pusieran el postre y esperar a que los empresarios se fueran antes de declararse, pero ¿cómo le trasladaría el mensaje al camarero?

Estaba barajando las opciones cuando este apareció.

—¿Qué tal todo? ¿Están listos para el postre?

—Sí —respondió él mientras sacudía la cabeza, esperando que Edgar pillase el mensaje—. Gracias.

—¿Va todo bien? —le preguntó Olivia cuando el camarero se fue.

—Sí. ¿Por qué?

Ella rio.

—Porque has dicho que sí negando con la cabeza y llevas prácticamente toda la noche mirando a esos hombres. ¿Los conoces?

—Luego te cuento. —Él sonrió—. ¿Te ha gustado la comida?

—¡Me ha encantado! Ha sido una gran idea venir a cenar aquí antes de que empiecen las reformas. —Olivia empezó a contar que no había estado allí para tomar el té desde que sus abuelos la llevaron de niña.

Veinte minutos después, mientras comían tarta, los empresarios se levantaron y Adam soltó un suspiro de alivio. ¡Por fin! Cuando se fueron, hizo contacto visual con el camarero y asintió.

Las luces del restaurante se apagaron y, un segundo después, se encendieron las luces decorativas. Olivia miró a su alrededor con sorpresa y él se sacó la caja del bolsillo. Se levantó y se hincó en una rodilla.

—Olivia Anne Montgomery, ¿me harías el honor de convertirte en mi esposa? No vamos a aparecer en las listas de las parejas más ricas por el momento, pero nunca nos faltaría de nada.

Una parte de él había querido esperar a que Dannier diera beneficios antes de declararse, a estar un poco más estable económicamente, pero estaba deseando casarse con ella. Cuando se dio cuenta de que quería pasar el resto de su vida con ella, no quiso perder ni un momento más. Ojalá ella sintiese lo mismo.

—Me encantaría —respondió ella antes de rodearlo con sus brazos y besarlo—. Y lo otro no me importa —añadió cuando se separaron—. Es decir, quiero que todo lo que hagas sea un éxito, pero, si no es así, estaremos bien igualmente porque nos tenemos el uno al otro, ¿verdad?

El corazón de Adam se llenó de amor. No creía poder

quererla más de lo que lo hacía, pero así era, y se prometió a sí mismo que ella nunca se arrepentiría de su decisión.

—Verdad —dijo sonriendo antes de besarla.

## EPÍLOGO

*Dos años después.*

—Asegurémonos de irnos sobre las diez —le dijo Adam mientras entraban en el recién reformado The Mansion, y Olivia sonrió.

Adam estaba especialmente protector con ella desde que se enteraron de que estaba embarazada. No habían planeado tener niños tan pronto, pero estaban encantados.

—Vale. —Como tenía clase al día siguiente, le parecía muy buen plan.

Se había matriculado tras darse de baja de supervisar la construcción del hotel de Yosemite. No le había gustado la idea de viajar tanto y supervisar una construcción estando embarazada.

Su padre le ofreció un papel de asesora y ella lo aceptó rápidamente. Le encantaba poder continuar contribuyendo a darle forma al futuro de su primer y único hotel. Su padre ya estaba pensando en abrir otro en Sedona, dependiendo de cómo fueran las cosas.

—Y si te empieza a doler algo, avísame —dijo Adam, y ella sonrió.

Estaba claro que él ya quería al bebé. Además de ser extremadamente cuidadoso con ella, había tomado la difícil decisión de sacar a sus padres de su vida por completo. No quería que su comportamiento tóxico afectase al bebé.

Olivia se había sentido mal al respecto porque sus propios padres significaban mucho para ella, pero, al ver cómo los hermanos de Adam habían apoyado su decisión, supuso que ellos sabían más del tema que ella.

—Han hecho un trabajo increíble —comentó Adam mirando el vestíbulo, y ella estuvo de acuerdo.

La reforma había superado sus expectativas de largo. El nuevo diseño, elegante y moderno, mantenía vivo el espíritu de The Mansion de una forma que haría las delicias de las generaciones futuras. A su abuelo le habría encantado. Adam le apretó la mano y añadió.

—Pero, por otra parte, no soy imparcial porque gracias a esto nos conocimos.

—Qué mono eres. —Olivia lo besó—. Ven, quiero enseñarte el bar —dijo mientras lo arrastraba hacia allí. Era totalmente nuevo, pero los paneles de madera doble y el diseño le daban un aire atemporal. Se podía imaginar perfectamente a su abuelo sentándose y pidiendo una bebida allí—. Me da envidia no haber podido trabajar más en el hotel.

—Quizá para la siguiente reforma —contestó Adam, y ella rio.

Quizá.

# NOTA DE LA AUTORA

¡Muchas gracias por leer *Amor fuera de horario*!

Para saber más de mis nuevos lanzamientos, suscríbete a mi lista de correo en natashagrace.com/es

# DESEOS TÁCITOS

Tras descubrir que su marido había estado poniéndole los cuernos, lo único que la reciente viuda Samantha Collins quiere hacer es dejar su antigua vida atrás. ¿Lo primero en su lista? Vender su parte del fondo de inversión que su marido había creado junto a su mejor amigo.

Pero Luke Darren tiene otros planes.

Sintiéndose más cómodo dirigiendo las operaciones diarias de la firma, Luke siempre ha estado en un segundo plano, dejando que Jason se convirtiese en la cara visible de la compañía. Pero ahora que Jason ya no está, los clientes están huyendo en masa. Lo último que necesita es que Samantha se vaya también. Sería la gota que colmaría el vaso para los clientes que estaban dudando en retirar su dinero y Luke no podía arriesgarse a tal cosa.

Sin embargo, trabajar con Samantha no tarda en destrozar su capacidad de concentración. Lleva años enamorado de ella y, ahora que Jason ya no se interpone en su camino, ser amigos ya no es suficiente y enseguida se encuentra deseando algo más.